El sol en la cabeza

Geovani Martins

El sol en la cabeza

Traducción del portugués de Víctor V. Úbeda

Papel certificado por el Forest Stewardship Council®

Título original: *O sol na cabeça*
Primera edición en castellano: septiembre 2019

© 2018, Geovani Martins
Publicado originalmente en Brasil por Editora Companhia das Letras, São Paulo
© 2019, Penguin Random House Grupo Editorial, S. A. U.
Travessera de Gràcia, 47-49. 08021 Barcelona
© 2019, Víctor V. Úbeda, por la traducción

Obra publicada com o apoio do Ministério da Cidadania do Brasil | Fundação Biblioteca Nacional
em cooperação com o Ministério das Relações Exteriores.
Obra publicada con el apoyo del Ministerio de la Ciudadanía de Brasil | Fundación Biblioteca Nacional
en cooperación con el Ministerio de Relaciones Exteriores.

Printed in Spain – Impreso en España

ISBN: 978-84-204-3483-4
Depósito legal: B-17533-2019

Compuesto en MT Color & Diseño, S. L.
Impreso en Unigraf, Móstoles (Madrid)

AL34834

Penguin
Random House
Grupo Editorial

Índice

A doña Neide, mi madre.
A Érica, mi compañera.
Y a todos mis hermanos y hermanas.

De paseo

A Matheus, Alan y Gleison

¡Me desperté dentro de un horno! En serio, no eran ni las nueve de la mañana y mi chabola parecía derretirse. Hasta las humedades del salón habían desaparecido, estaba todo seco. Solo quedaban las manchas: ahí seguían la santa, la pistola y el dinosaurio. Estaba claro que iba a ser uno de esos días en que sales a la calle y ves el cielo todo empañado y todo tiembla como en una alucinación. Para que te hagas una idea, el aire que daba el ventilador era más caliente que el fuego del infierno.

En la mesa había dos reales, los había dejado mi vieja para el pan. Con que juntara otro real con ochenta ya tenía asegurado al menos un billete de autobús, solo tendría que colarme a la ida, que es más fácil. La putada es que antes de acostarme ya había puesto la casa patas arriba buscando monedas para un cigarrillo suelto. Lo suyo era invertir los dos pavos en el pan, apretarme un desayuno y largarme a la playa con la tripa llena. Lo que no podía hacer era quedarme en casa asándome. Para nosotros está tirado colarse en el bus, se nos da de maravilla.

Pasé por casa de Vitim, luego nos acercamos a la chabola de Poca Telha y desde ahí tiramos para el cuchitril de Tico y Teco. Hasta entonces estábamos todos en las mismas: sin blanca, sin hierba y con ganas de playa. La salvación fue que Teco se había pasado toda la noche ayudando a unos colegas a empaquetar maría y le habían regalado unos porros. Unas migajas que sobraron del kilo. Se había agenciado hasta una papela de coca. Lo malo es que en vez de venirse con nosotros quería quedarse sobando en casa. Pues iba listo, cualquiera pegaba ojo con aquel solazo. Le dijimos que en la playa iba a estar de lujo, mirando a las tías, dándose chapuzones para refrescar el cuerpo. Iba a volver a casa todo relajado y a dormir como un bebé. Dijo que nos daba un porro, pero que él se quedaba apalancado. Menos mal que Vitim lo convenció para que se metiera una raya y se espabilase. A mí me da que eso era justo lo que él quería, un colega para esnifar en compañía, para no colocarse solo y quedarse ahí todo rayado. Cómo les gusta el polvo a estos chavales, en serio, ¡nunca vi nada igual! Diez de la mañana, un sol de la hostia y ellos atizándose la nariz.

Yo nunca me he metido. Recuerdo el día en que mi hermano llegó del curro cabreadísimo y me propuso ir a fumarnos un porro a la entrada de la favela. Quería hablar conmigo de hombre a hombre, lo noté al instante. El cabreo era porque un amigo suyo de la infancia había muerto de repente. Sobredosis. El chaval iba en bici puesto hasta las trancas, puede que incluso estuviera yendo a pillar más, cuando se cayó al suelo. Cayó ya tieso. Sobredosis. Tenía la edad de mi hermano, joder. ¡Veintidós! Yo nunca había visto a mi hermano tan jodido, los dos eran uña y carne. Por eso quería darme la charla: para que me limitara a fumar porros. Nada de coca, ni crack, ni pirulas, esas vainas. Ni siquiera *loló*, que el *loló* te derretía el cerebro. Por no hablar de la cantidad de tíos que la habían palmado de un paro cardiaco por ponerse hasta el culo del invento aquel. Ese día le prometí a mi hermano y me prometí a mí mismo que jamás me iba a meter farlopa. Y menos todavía crack, ni de coña, eso sí que es buscarse la ruina. Algunas veces me enchufo *loló*, cuando vamos a bailar funk, pero me controlo. Hoy me doy cuenta de que mi hermano tenía razón, lo suyo es limitarse a los canutos, hasta el alcohol es una mierda. Por ejemplo, en mi cumpleaños me puse ciego y acabé dando la nota. ¿Por qué? ¡Por la cachaza! Lo peor es que no me acuerdo de nada. Estaba bebiendo en la chabola de Tico y Teco, jugando a las cartas, y de repente me despierto en mi casa, todo mugriento. Al día siguiente me contaron la movida. Por lo visto había estado entrando a las tías por la calle, hasta me fui al callejón detrás de una. Una buena cagada. Si en una de esas me pilla por banda un mangui, me como una paliza. Para que te hagas una idea.

El conductor ni se inmutó cuando nuestro grupo entró por la puerta de atrás. El bus iba hasta los topes, mogollón de gente, sillas de playa, todo el mundo sudando, apretujado. Muy fuerte. Aguanté el viaje solo porque iba embobado mirando a Vitim y a Teco, enzarpadísimos los dos, con la mandíbula. En serio, no entiendo para qué se droga la gente, ¿para comerse la cabeza y rayarse por todo? Como el día en que estábamos Poca Telha y yo fumándonos un porro en el tejado de su tía. De repente apareció Mano de Cinco con dos paraibanos que acababan de llegar de su tierra. La madre que me parió... Se pusieron finos, venga rayas, venga rayas, los paraibanos con los ojos así de grandes y la mandíbula fuera de órbita. Entonces uno de ellos empezó a oír ruidos donde no había y nosotros muertos de risa. Mano de Cinco, que es otro cachondo, le dio carrete y le dijo que eran policías escondidos en la azotea de al lado, listos para echarles el guante. Pues, tío, los paraibanos se cagaron del susto y se bajaron del tejado cagando leches. ¡Yo me partía de la risa! Los dos andando allí abajo, por la calle, acojonados, escondiéndose tras los muros, con miedo de que apareciese la pasma.

En realidad el operativo lo montaron casi una semana después, que fue cuando mataron a Jean. No me gusta recordarlo, en serio, era buen chaval. Lo único que le interesaba era jugar al fútbol, y ¡cómo jugaba! Todavía hoy se dice que iba para profesional. Ya estaba en la cantera del Madureira, enseguida lo habría fichado el Flamengo, el Botafogo, uno de esos. Así de fácil, estaba hecho. Cómo echo de menos al hijo de puta ese, te lo juro. Hasta en su entierro se tiró el moco el cabrón, había unas cuatro novias suyas llorando al lado de su madre. Los policías son todos unos cobardes, hacer una redada en festivo, con todo el mundo en la calle, que podían haberle pegado un tiro a cualquier niño... Habría que reventar a esos tipos a balazos, así te lo digo.

Cuando llegamos a la playa el sol estallaba en el cielo y había varias chavalas bronceándose, con el culazo para arriba, bien a gusto. Me tiré al agua corriendo y di unas cuantas zambullidas a lo loco, atravesando las olas. El agua estaba buenísima. Cuando volví y vi a todo el mundo con cara de culo no me lo podía creer. La movida era que había unos maderos allí plantados, vigilándonos. Todos como locos por liarnos un peta, y la pasma allí. Esos policías de playa son un coñazo. Hay días que te agobian que flipas. Una de dos: o son todos unos porreros que quieren quedarse con la hierba de la gente para fumársela ellos, o ellos mismos son unos traficantes y quieren la maría para vendérsela a los guiris, o a los pijos, o yo qué sé. Lo único que sé es que cuando veo a un poli con muchas ganas de trabajar me mosqueo en el acto. ¡Bueno no puede ser!

Cuando por fin se largaron los hijos de puta, otro marrón: ¡nadie tenía papelillos! Vaya cagada, ¿no? Varios fumetas de campeonato y ni un triste papel. Y encima estuvimos una eternidad decidiendo quién se encargaba de ir a conseguir uno. Nadie quería ir a pedírselo a los porreros pijos que estaban en la playa, los creídos esos que van de guais. Cuando están solos, te miran con miedo, como si solo estuvieras pensando en atracarlos, pero cuando van en grupo te miran como si fueran a darte una paliza. Hay que joderse.

Tico y Poca Telha tentaron a la suerte, no había más remedio. Teníamos cerca dos pibes con pinta de ir emporradísimos. Habían estado tirándose el moco desde que llegamos. Pasaba un vendedor de mate y le compraban; pasaba otro vendiendo galletas y compraban; zumo de açaí, compraban; helado, compraban. Debían de tener un hambre del carajo. Yo ya tenía fichados por lo menos a dos mocosos que los andaban rondando, estaban al acecho para saltar sobre ellos. Y ellos ahí, en la parra, como si esto fuese Disneylandia. Por no hablar de los que se disfrazan de currantes para vigilar a los que van colocados, esperando para darles el palo. Eso es lo que más me cabrea, tío. Pues así estaban esos dos, en la parra. Cuando Tico y Poca Telha les entraron para pedirles un papel, de buen rollo y tal, los pibes se pusieron de los nervios, protegieron la mochila con las piernas y se dieron la vuelta para ver si venía la poli. ¡No me jodas! A esos hijos de puta habría que desplumarlos. Si no fuera por mi madre, me lanzaba a dar unos cuantos palos por los barrios ricos, te lo juro, de pura rabia. La putada es que mi vieja está neurótica. Sobre todo después de lo de mi hermano. La mujer no para de repetirme que como me metan en el reformatorio no vuelve a mirarme a la cara. ¡Qué locura!

Si no llego a ocuparme del asunto, estábamos fritos. Los chavales hicieron otra batida, pero no consiguieron nada. Solo una servilleta de papel que les dio el colega del chiringuito, que pretendía fumarse un porro con nosotros. Lo malo es que ya nadie se conforma con servilletas, la gente solo quiere papel de fumar. Antes la peña se liaba los canutos hasta con hojas de cuaderno o con el papel del pan, pero ahora se han vuelto unos tiquismiquis. Total, que fui hasta el paseo y triunfé pero bien: conseguí uno de color rojo. Ya sabes que si te lo curras puedes cortarlos por la mitad y sacar dos papelillos. Los chavales se quedaron locos conmigo.

Lo curioso es que no me costó nada conseguirlo, se lo pedí a un rasta que estaba vendiendo pulseritas de rollo reggae. Un tío legal, ¡hasta me dio un cigarro! Me dijo que me anduviera con ojo, que esos días la pasma no dejaba de dar por saco. Resulta que habían matado a un boliviano en la misma arena y la policía paraba a todo el que andaba por la playa, tenían miedo de que la palmara más gente, sobre todo un vecino o un extranjero, porque entonces se iba a armar la gorda, ¿sabes? Titulares en primera plana, programas de sucesos, toda esa mierda.

Pero los maderos andaban haciendo el payaso, allí no iba a morir nadie más. La cosa estaba tranquila, lo del boliviano había sido un ajuste de cuentas y el colgao que se lo cepilló estaría un tiempo sin pisar la playa. El rasta me dijo que estuviera al loro si pensaba hacer algún trapicheo, pero le dije que estaba de tranquis, que lo único que quería era disfrutar de la playa y fumarme el porrito a mi bola. Me dijo que no debía perder nunca la fe en Dios. Un tío legal, el rasta. Nacido en Maranhão. Me contó que allí la marihuana es una pasada, que fuma todo el mundo, que él había empezado a los diez años, como yo.

Después del porro me quedé embobado, mirando las gaviotas en el cielo. Cuando me daba el sol en los ojos todo se volvía resplandeciente, una flipada. Cuando ya no aguanté más el calor, me fui a disfrutar el colocón en el agua. Eso fue lo mejor de todo: hice el «cocodrilo» varias veces, me revolcaba con todo el cuerpo hasta que la ola me dejaba en la arena. Después nos pusimos todos a competir para ver quién aguantaba más debajo del agua, ¡qué agobio! ¡Todos íbamos fumadísimos!

Pero ya el flipe máximo fue cuando salimos del agua: los pijos que nos habían rateado el papelillo estaban haciéndose fotos en plan divo. Y cuando fueron a mirar sus cosas, no vieron nada. Dos chavales pasaron corriendo, se llevaron las mochilas con todo dentro y se perdieron entre la peña que abarrotaba la playa. Los pijos esos se quedaron pasmados, con el móvil en la mano y con cara de idiotas. Entonces pasó otro mocoso y también les quitó el móvil. Les estaba bien empleado, por pringaos. Mis colegas y yo nos despelotamos de risa en su cara. Los muy payasos se marcharon ligeritos de peso, con el pareo y punto. Después me quedé pensando en los chavalines que habían salido huyendo. Se los veía muy avispados, pero el rasta ya me había avisado de que la playa estaba jodida. Ojalá no los trinquen los maderos, pensé.

Cuando quisimos darnos cuenta ya era casi de noche. ¡Y qué monchis! En serio, más hambre que el perro de un ciego. Era hora de largarse y fue entonces cuando se jodió el invento. Íbamos andando tan tranquilos, a punto de llegar a la parada, cuando vimos a los maderos moliendo a palos a unos chavales. La putada fue que uno de los polis también nos vio a nosotros y ya no pudimos darnos la vuelta y tirar por otra calle. Pero hasta ese momento yo no les debía nada, la droga solo estaba en mi cabeza, no había nada que temer. Seguimos andando.

Pasábamos ya casi por delante de la fila de chavales a los que los hijos de puta habían puesto de cara a la pared cuando uno de ellos nos dio el alto. Al instante nos soltó lo típico: quien no llevara dinero para el billete de bus, a la comisaría; quien llevara mucho más que para el billete, a la comisaría; quien no llevara carnet de identidad, a la comisaría. Joder, me hervía la sangre, te lo juro. Estoy jodido, me dije; cuando quiera terminar de explicárselo a mi vieja, ya me ha reventado a palos.

No me lo pensé dos veces, solté las chanclas allí mismo y salí pitando. El poli gritó que iba a disparar. Te juro que me puse enfermo, corría cagado de miedo, no quería ni mirar para ver lo que pasaba. Me acordé de mi hermano, cuando jugábamos al fútbol en la calle. Él siempre era el más rápido de los dos, era la hostia cómo corría. Y ahora yo casi lo igualaba, desesperado. Por poco no lloro de rabia. Yo sé que Luis no era un chivato, mi hermano jamás habría delatado a nadie, murió por mala suerte, por culpa de uno de esos cretinos de los que tanto abundan. Qué odio me entra cada vez que lo pienso.

Tenía el cuerpo helado, la cosa parecía decidida. Había llegado mi hora. Mi vieja iba a quedarse sin ningún hijo, totalmente sola en aquella casa. Invoqué a Seu Tranca Rua, el espíritu que protege a mi abuela, luego al Jesús de mis tías. No sé ni cómo lograba correr, colega, en serio, tenía el cuerpo entero agarrotado, iba tieso, ¿entiendes? Todo el mundo me miraba. Giré la cabeza para ver si el poli seguía apuntándome, pero ya se había dado la vuelta para seguir registrando a los chavales. ¡Me había salvado!

Espiral

Comenzó muy pronto. Yo no entendía nada. Reparé en esos movimientos al empezar a volver solo del colegio. Primero con los mocosos del privado que había en la esquina, en la misma calle donde estaba mi escuela, que se echaban a temblar cuando pasaba yo con mi gente. Era raro, gracioso incluso, porque en el colegio nadie nos tenía miedo. Todo lo contrario, siempre estábamos huyendo de los chicos mayores, que eran más fuertes, más echados para adelante y violentos. Cuando caminaba por las calles de Gávea, con el uniforme, me sentía como uno de esos compañeros que a mí en clase me metían miedo. Sobre todo cuando pasaba por delante del colegio privado, o cuando una vieja agarraba con fuerza el bolso y se cruzaba de acera. A veces, en aquella época, disfrutaba de esa sensación. Pero, como ya he dicho, yo no entendía nada de lo que ocurría.

La gente suele decir que vivir en una favela de la zona sur es un privilegio, si lo comparamos con las favelas del norte, del oeste o de la Baixada Fluminense. En cierto modo lo entiendo, creo que tiene sentido. Lo que casi nunca se dice es que, a diferencia de otras favelas, el abismo que marca la frontera entre el morro y los barrios asfaltados de la zona sur es mucho más profundo. Da asco salir del callejón y tener que compartir las escaleras con un sinfín de tuberías, saltar por encima de las cloacas abiertas, enfrentarte a la mirada de las ratas, agachar la cabeza para esquivar los cables de la luz, ver a tus amigos de la infancia empuñar armas de guerra y, al cuarto de hora, encontrarte delante de un edificio rodeado de verjas adornadas con plantas ornamentales donde unos adolescentes reciben clases particulares de tenis. Todo es muy cercano y a la vez muy distante. Y cuanto mayores nos hacemos, más altos se vuelven los muros.

Nunca olvidaré mi primera persecución. Todo empezó de la forma que más rabia me daba: cuando iba tan distraído que me asustaba con el susto de otra persona y de pronto caía en la cuenta de que yo era el motivo de su sobresalto, de que yo era la amenaza. Más de una vez contuve la respiración y me contuve las lágrimas para no insultar a la típica vieja que se siente claramente incómoda por tener que compartir conmigo, y con nadie más, la parada del bus. Sin embargo, esa vez, en lugar de guardar las distancias, como siempre hacía, me acerqué. La mujer intentaba echar un vistazo hacia atrás sin que se notara mientras yo iba acercándome. Empezó a mirar alrededor, buscando ayuda, con ojos suplicantes, y entonces me puse justo a su lado y clavé la vista en el bolso, fingiendo interés en lo que pudiera llevar dentro, y traté de mostrarme capaz de hacer cualquier cosa para salirme con la mía. Echó a andar lentamente, alejándose de la parada. Me quedé mirándola mientras se apartaba de mí. Yo no sabía muy bien cómo me sentía. De pronto, sin pensar en nada, empecé a seguirla. Ella no tardó en darse cuenta. Iba atenta, rígida, tensa a más no poder. Trató de apretar el paso para llegar lo antes posible a algún sitio, pero era como si en la calle solo existiéramos nosotros dos. A ratos yo aceleraba la marcha y saboreaba aquel miedo, un miedo polvoriento, de otra época. Después aminoraba un poco la velocidad y la dejaba recobrar el aliento. No sé cuánto duró aquello, lo más probable es que solo pasaran unos minutos, pero para nosotros fue como toda una vida. Hasta que la vieja se metió en una cafetería y yo seguí mi camino.

Pasado el torbellino, me acordé de mi abuela, imaginé que aquella señora también debía de tener nietos, y me repugnó haber llegado tan lejos. Pero el sentimiento de culpa no duró mucho, enseguida reparé en que esa misma vieja, que temblaba de pánico antes incluso de que yo le hubiera dado el menor motivo, no se había parado a pensar que yo también podría tener abuela, madre, familia, amigos, todas esas cosas que hacen de nuestra libertad algo mucho más valioso que cualquier bolso, de fabricación nacional o importado.

A veces me parecía de locos, pero sentía que ya no podía parar, porque ellos tampoco iban a parar. Las víctimas eran de todo tipo: hombres, mujeres, adolescentes, ancianos. A pesar de la variedad, siempre había algo que los vinculaba, como si todos pertenecieran a la misma familia y estuvieran tratando de proteger un patrimonio común.

Llegó la soledad. Cada vez era más difícil afrontar las cuestiones triviales. No lograba concentrarme en nada, ni siquiera en los libros. Me daba igual si llovía o lucía el sol, si el domingo ganaba el Flamengo o el Fluminense, si Carlos había roto con Jaque, si en el cine era el día del espectador. Mis amigos no lo entendían. No podía contarles el motivo de mis ausencias y poco a poco sentí que estaba apartándome de las personas que me importaban de verdad.

Con el paso del tiempo esa obsesión se transformó en un estudio, una investigación sobre las relaciones humanas. Pasé a convertirme tanto en cobaya como en observador. Empecé a entender mis movimientos con claridad y a descifrar los códigos de mis instintos. Al mismo tiempo, cada vez me costaba más entender las reacciones de mis víctimas. Son personas que viven en un mundo que yo desconozco, sin contar con que el tiempo de que dispongo para analizarlas cara a cara es breve y confuso, pues debo simultanear ambas tareas. Cuando me hice cargo de eso, llegué a la conclusión de que tenía que concentrarme en un solo individuo.

No fue nada fácil encontrarlo. Me perdía entre las personalidades sin decidirme por ninguna. Tenía miedo. Hasta que un buen día, caminando por la calle a las tantas de la noche, un hombre dobló la esquina a la vez que yo y chocamos de frente. Levantó los brazos, rindiéndose al asalto, y le dije: «Tranquilo. Lárgate». Después de mucho tiempo volví a sentir el odio de aquella primera vez, un odio descontrolado que te llena los ojos de lágrimas. Hacía tiempo que me había abstraído de la humillación, e incluso del deseo de venganza. Aceptaba el desafío con una mirada cada vez más distante, científica. Pero hubo algo en los gestos de aquel hombre —cómo alzó los brazos, la expresión de terror— que reavivó la llama del día en que fui detrás de mi primera víctima. Era él. Solo podía ser él. Esperé un poco y lo seguí, invisible.

Se llama Mario. Conseguí esa información a fuerza de observarlo de cerca, en las inmediaciones de su lugar de trabajo, mientras saludaba a sus conocidos por la calle. Tiene dos hijas pequeñas, una de siete u ocho años y otra de cuatro, máximo cinco. No he podido averiguar sus nombres, porque cuando iba con su familia yo los seguía de lejos, para no levantar sospechas. Acabé llamándolas María Eduarda —a la mayor— y Valentina —a la pequeña—, dos nombres que pegaban con sus caritas de niñas bien alimentadas. A la madre le puse Sofía. Desde mi distancia, parecían felices. El día que fueron al jardín botánico a hacer un pícnic estuvieron jugando, comían pasteles y golosinas, miraban las plantas juntos. Era la típica familia de anuncio, salvo la niñera, que caminaba detrás de ellos toda vestida de blanco.

El primer mes forcé muchos encuentros con él. Algunas veces mi presencia lo intimidaba, otras parecía no reparar en ella o no darle importancia. Yo me preguntaba cuándo se iba a percatar de mi existencia. Tuvieron que pasar tres meses hasta el día en que leí en su cara la expresión horrorizada del descubrimiento. A partir de ahí cambiaron muchas cosas. Mario se convirtió en otra persona: siempre preocupado, mirando a su alrededor. Yo lo observaba. A veces lo perseguía sin disimulo y veía cómo aumentaba su tensión hasta casi explotar. Entonces se detenía, entraba en algún sitio, fingía naturalidad.

Llegamos al momento actual. Estuve unos días rondando un poco más cerca de su casa. Lo que antes era un privilegio, vivir cerca del trabajo, pasó a ser uno de sus motivos principales de preocupación. Trataba de despistarme dando rodeos por las calles, pero sus esfuerzos eran en vano, pues yo tenía localizado su apartamento desde hacía ya bastante tiempo. Fueron días difíciles para ambas partes; yo tenía la sensación de estar dando un paso definitivo, solo que no sabía adónde me iba a llevar ese camino. Entonces llegamos a la jugada decisiva. Empecé a seguirlo, como en otras ocasiones, desde un lugar cercano a su casa. Pero esta vez no hizo por despistarme, al contrario, cogió el camino más rápido hasta el apartamento. Iba sudando por la calle, con la cara colorada. Yo también estaba temblando por imaginar los posibles desenlaces.

Se metió en el edificio, saludó maquinalmente al portero, subió. Tan solo una ventana: era lo único del apartamento que aparecía en mi campo visual. Me quedé mirando fijamente ese punto, esta vez sin esconderme; si yo lo veía, él también me vería a mí. Mario apareció a los pocos minutos, completamente trastornado, con una pistola automática en la mano. Le sonreí, y en ese momento supe que, si quería seguir jugando a aquel juego, yo también iba a necesitar una pistola.

Ruleta rusa

Cuando llegó a la calle, estaban todos apiñados en corro, subiéndose unos encima de otros. Sin inmutarse por el sol que les estaba dando en la cabeza, en lugar de disputarse la escasa sombra del cerezo, se peleaban por el mejor sitio para ver la fotonovela porno que Mingau había encontrado en su casa al rebuscar entre las cosas de su primo el desaparecido. Paulo se unió al grupo sin interesarse mucho por la revista. No es que no le gustara la pornografía, o la semipornografía; todo lo contrario: era uno de los que más locos se ponían al ver a las chicas en bikini restregándose en la piscina del programa de Gugu en busca de una pastilla de jabón, o cuando veía las *Aventuras de Tiazinha,* la heroína que se cargaba a los bandidos a latigazos y en ropa interior, o los bailes de Hechicera en el programa de Luciano Huck. Lo que pasaba era que en aquel momento su mundo giraba de manera distinta.

—Joder, colega. Vaya tetas que tiene la rubia esa. Mira, mira qué pedazo de coño. Si pillo yo una piba así...

—Tú qué vas a pillar, si tienes fimosis.

—Y una mierda. ¿Quieres verme la polla?

—¡Anda, la hostia! ¡Además de tener fimosis es maricón! ¡Quiere enseñarle la polla a otro tío!

—¿Pero qué dices tú? ¡Si tu hermana no puede ni cagar, que va a explotar, la muy gorda!

—Chaval, yo estoy hablando de ti, ¿te enteras? De ti, no de tu familia, ¡hijo de puta!

—¿Hijo de qué? ¡Repítelo si eres hombre!

—Hijo de puta.

Mientras se desarrollaba la escena, Paulo tenía la impresión de haber vivido ya esos momentos. Era como si se estuviera viendo a sí mismo desde lejos, previendo cada sonido que estallaba en la calle, cada movimiento de los cuerpos amontonados, cada palabra que escapaba de las bocas, anticipando incluso la caída al suelo de la codiciada revista, abandonada ante la fascinación general que suscitó la presencia del revólver.

No era la primera vez que Paulo jugaba con el arma de su padre. Todas las mañanas, nada más salir del baño, saca la pipa del tercer cajón del mueble del televisor. Le gusta sentir el peso del revólver, escrutar cada una de sus piezas, imaginárselo en acción. Aparte del subidón de adrenalina al toquetear el arma justo delante de su padre, que duerme en la cama de al lado, no consigue precisar lo que siente, si es bueno o malo. En ese instante es como si todo el aire del mundo se agotara de pronto, le tiembla el cuerpo entero, se le dispara el corazón, el padre parece moverse y remo-verse, siempre a cámara lenta, cada pequeño movimiento dura una eternidad. El niño aguantando la respiración, el arma en la mano, los ojos que pueden abrirse en cualquier momento... Así transcurren las mañanas.

La existencia de un revólver en la casa no era un secre-to. En aquella habitación con baño a la que se habían mu-dado resultaba imposible ocultar nada a la curiosidad del hijo. Cuando aceptó el empleo de guardia de seguridad y empezó a llevar el 38, Almir decidió hablar con Paulo. Una conversación de hombre a hombre, le dijo, por más que el niño tuviese diez años recién cumplidos. Le explicó que necesitaba ese trabajo, que la vida de ambos iba a mejorar, que iba a ganar mucho más que en la gasolinera. Le dijo que confiaba en él con todo su corazón, por eso no se lo había pensado dos veces antes de aceptar el empleo y llevarse el revólver a casa.

Almir siempre dice que prefiere ganarse a su hijo des-de el respeto, porque no se fía de las relaciones basadas en el miedo. Lo proclama a los cuatro vientos cada vez que le preguntan por el desafío que supone criar a un hijo a solas.

En su intento por no asentar la educación en la fuerza física, juega con su hijo. Sin el menor cargo de conciencia, se vale de herramientas como la culpa y el remordimiento para esculpir la personalidad del niño. Paulo, por su parte, no sabe dónde empiezan ni dónde terminan el respeto, el miedo, la vergüenza y la admiración que siente por su padre.

De un tiempo a esta parte, siempre que Almir parece más distante en las charlas entre padre e hijo, Paulo se pregunta si habrá descubierto que él anda jugueteando con el arma, si lo habrá visto alguna mañana o habrá advertido que el cajón no estaba como lo había dejado. En esos momentos, un sudor frío le recorre todo el cuerpo y le dan ganas de desaparecer para siempre.

Muchas veces, Paulo piensa que no debería tocar el revólver nunca más, ni armar más alboroto en clase, ni contestar a los viejos en la calle. Todo para no decepcionar a su padre. Solo él sabe lo pesado que se pone Almir cuando está decepcionado. Le da por conversar durante horas, se pone a hablar sobre la responsabilidad y un montón de chorradas. Cuando se entusiasma con las palabras, Almir parece un predicador, y el hijo vive un infierno cada vez que se lleva un rapapolvo. Hay ocasiones en las que Paulo llega a pensar que más le valdría recibir media docena de guantazos y quedarse quieto en un rincón, como todo el mundo. Pero lo peor de toda esta historia de vivir solo con el padre, lo que le rompe los esquemas, es cuando el viejo se pone a llorar. Cuando eso ocurre, Paulo no sabe cómo actuar. Trata de calmarse, finge no verlo, pero se nota la cara cada vez más caliente hasta que él también sucumbe al llanto, muchas veces sin entender por qué. Y ahí se quedan padre e hijo, llorando como dos pánfilos.

Ese día, Almir no volvió a acostarse después de comer para seguir durmiendo hasta la hora de irse a trabajar. En cuanto terminó de fumarse el porrito de sobremesa, se metió en el baño para arreglarse. A Paulo ya le había extrañado que su padre se duchara antes de comer y no a la hora de siempre, porque solo hacía eso cuando iba a salir. Nunca se duchaba después de comer, porque es malo para el cuerpo, igual que mezclar mango con leche. Igual no, peor, que hay quien se muere de eso.

El niño observa los pasos del padre por la habitación. Se calza los zapatos, se atusa el bigote, se abotona la camisa, todo igual que de costumbre, solo que en esta ocasión no coge el revólver. Cuando ya estaba a punto de salir, Paulo sintió la necesidad de avisarle de que se olvidaba el arma. En ese momento le pareció que así sumaría puntos con su padre, pero se lo pensó mejor, por miedo a que creyera que no podía quitarse el arma de la cabeza. Preguntó:

—¿Hoy no vas a trabajar?

—Vuelvo enseguida.

En cuanto oyó que se cerraba la cancela del bloque, Paulo corrió hasta la puerta, echó la llave y la dejó atravesada en la cerradura de forma que no pudiera abrirse desde fuera. Luego fue hasta el cajón y sacó el revólver. Era la primera vez que estaban a solas.

La imaginación del pequeño ya volaba a gran altura cuando se le ocurrió que esa era otra de las grandes pruebas de confianza a que lo sometía su padre. Al pensar en ello se llenó de remordimientos por las trastadas que hacía, hasta el punto de sentir rabia hacia sí mismo. No acertaba a entender por qué tenía que ser así. Cuando oía de boca de su padre cómo debían hacerse las cosas, parecía muy fácil, y se dormía con la tranquilidad de que al día siguiente todo iba a ser distinto. Pero cuando quería darse cuenta estaba repitiendo los mismos errores, buscándose problemas a todas horas. Este intenso arrebato de arrepentimiento lo golpeó de lleno en un momento en que estaba sintiendo felicidad. Pero el chaval se emocionaba tanto haciendo de las suyas que enseguida pudo superarla, aferrado a la certidumbre de que jamás, por nada del mundo, lo iban a descubrir.

Todo era tan increíble como en los sueños, pero nunca sería suficiente mientras no sacara el arma a la calle y la exhibiera delante de su pandilla. El problema era que a esa hora todos los amigos estaban encerrados en casa, viendo los dibujos animados de después de comer. Todos menos los adictos a las cometas, pero a esos no valía la pena enseñarles nada porque nunca dejaban de mirar al cielo, ni siquiera cuando el viento hacía que las cometas volaran contra la luz del sol.

La batalla contra los robots alienígenas de los dibujos animados japoneses no le llamaba la atención. Durante el episodio, Paulo cargó y descargó el revólver varias veces, simulando que estaba entrenando para la guerra. Cuando la espera se le hizo insoportable, se apretó la punta fría del cañón contra el pecho y luego fue bajando hasta llegar al ombligo. Entonces intentó imaginar cómo sería recibir un tiro justo ahí y, al pensar en la bala perforándole la carne, se le contrajo todo el estómago. Siguió bajando el arma hasta llegar al pito y empezó a moverla en círculos, disfrutando de la sensación de frío y calor provocada por el contacto, pero cuando notó que se le ponía duro se ruborizó y apartó rápidamente el revólver de los pantalones. Por último, volvió a cargarlo mientras canturreaba la sintonía de cierre de los dibujos animados que estaba sonando en la televisión.

—Son de fogueo. Las balas.

—¿Y qué? Las de fogueo también matan. Así murió Bruce Lee.

—¿Así cómo?

—Estaba haciendo una película, le dispararon con una bala de fogueo, porque en las pelis se usan esas balas, pero entonces se murió. Me lo contó mi tío, que lo leyó en una revista. Me parece que le dispararon desde muy cerca.

Paulo tuvo que descargar el revólver antes de empezar a jugar a policías y ladrones. Todos querían estar en su equipo: así daba gusto. En el momento de escoger un bando, titubeó. Normalmente, Paulo prefería ser del grupo de los cacos, porque era un rollo estar todo el rato corriendo detrás de los demás. Lo que de verdad le gustaba era huir, fintar con el cuerpo, exhibir su agilidad, provocar al adversario. Pero en esta ocasión acabó decidiéndose por el equipo de los polis, porque tenía ganas de perseguir a todos sus amigos, apuntarles con el arma en medio de la cabeza, apretar el gatillo e imitar con la boca el ruido de las balas al salir disparadas para dar en el blanco.

—El 38 es la hostia, porque al entrar solo hace un agujerito, pero al salir por el otro lado hace un boquete enorme.

—No flipes, tío. La que hace eso es la escopeta del 12. Lo vi en la peli aquella, *El sexto sentido,* cuando el chaval se da la vuelta y tiene un agujero gigante en la cabeza. Por detrás. Eso fue un disparo con una del 12.

—Yo también vi esa película, imbécil. Todo el mundo la ha visto. Era un tiro de 38. Quieres saber más que yo, chaval, cuando mi hermano es militar.

—Vosotros quedaos con vuestro 38 y vuestra 12, a mí me mola la Golden Gun. Si aciertas en el blanco, en el lugar que sea, hasta en un pie, mata en el acto. Entre por donde entre, la bala va directa en busca del corazón.

—Mi hermano me dijo que eso solo pasa en las pelis de 007.

—¿Y tu hermano qué sabrá, animal? ¡Si es soldado raso!

Ya no se jugaba tanto a policías y ladrones. La fiebre del momento era jugar con dinero. Canicas, billar, triángulo, cromos, tazos. Lo importante era apostarse algo. Por eso, los juegos de correr, los favoritos de Paulo, iban perdiendo interés. Salvo en las fiestas de cumpleaños que se celebraban en la calle, porque esos días todos tenían ganas de correr y echar todas las carreras del mundo. Esa tarde, mientras dirigía los bandos, Paulo tuvo la sensación de que la vida era justamente eso, una fiesta.

—¿Os acordáis de cuando murió aquel tío delante de la casa de doña Margarida?

—Yo sí, vi llegar a la policía.

—Fue muy raro porque solo lo mataron a él. Lo dejaron todo allí, el coche, el dinero, todo. Lo liquidaron porque sabía demasiado.

—Sí, eso dijo mi tía. Que lo mataron para callarle la boca. Ella se acercó a mirar.

—¿Y a qué muerto no se acerca a mirar tu tía, colega? Dice mi padre que esa mujer no hace más que leer el periódico de sucesos.

—Ya no lo lee. Tiene miedo de abrirlo un día y ver una foto de mi primo, el que desapareció.

El único deseo de Paulo era que todo aquello no acabara nunca. Las miradas de admiración de los amigos, la atención que prestaban a todo lo que él hacía. Sería estupendo lograr eso también en el cole, pensó. Es duro no destacar en nada entre los demás niños. Paulo no era de los mejores jugando al fútbol, ni con las canicas ni con la cometa. No era de los más graciosos ni de los que mejor peleaban. A veces tenía la impresión de que, si de repente desapareciera, nadie en la calle ni en el colegio lo echaría en falta. No obstante, estaba convencido de llevar dentro algo muy especial, algo único que de momento no era capaz de revelar, pero en cuanto lo consiguiese todo sería distinto.

—Voy a contaros una cosa, pero es un secreto. Mi padre ya ha matado a una persona con esta arma.

—Deja de inventarte historias, chaval, tu padre es un tío supertranquilo.

—Es tranquilo, sí..., hasta que le buscan las cosquillas. ¡Igual que yo!

—¿Y tú cómo sabes eso? ¿Acaso lo viste?, ¿o te lo ha contado él?

—Se lo estaba contando a un amigo suyo. Era por la mañana, muy temprano, me hice el dormido para oír la conversación. Los dos estaban nerviosos. Había otras armas encima de la cama, me acuerdo.

—Estarías soñando, tío.

—Mira, los chicos van a guardar las porterías, vamos a pedírselas para echar un partidito.

Esa información sorprendió a Paulo. Si los mayores dejaban de jugar al fútbol era porque ya estaba anocheciendo y tenían que ir a ducharse para después pasar el rato con las novias a la puerta de sus casas, lo que quería decir que era la hora en que su padre se iba a trabajar. Salió pitando, sin importarle lo que pudieran pensar sus amigos. Estaba tan desesperado que no acertaba ni a inventarse una excusa, como siempre hacía cuando volvía a casa sabiendo que había metido la pata. Y, para mayor angustia, en mitad del camino lo asaltó la triste certeza de que todo aquello no era más que una trampa que le había tendido su padre para poner a prueba su confianza. Se odió por ser tan idiota y también sintió lástima de su padre por tener un hijo así, pero mientras avanzaba camino a casa esos sentimientos iban alternándose: a ratos odiaba a su padre y sentía lástima de sí mismo. Aunque la diferencia no era tanta; se mirara por donde se mirara, todo era una grandísima mierda.

En cuanto llegó a la puerta, vio los zapatos de Almir y percibió el olor a tabaco. Se le iba a caer el pelo, estaba seguro. No lograba imaginar en qué se iba a convertir su vida a partir de ese día. Entró de puntillas, como si así pudiera evitar el encuentro con su padre. Temblaba solo de pensar en su figura, sentado en la cama, esperando para hablar de lo ocurrido. Eso en el supuesto de que llegaran a hablar, porque reconocía que esa vez se había pasado de la raya. Por suerte, cuando al fin se armó de valor para franquear la puerta, reparó en el ruido de la ducha y dedujo que su padre estaba en el baño. A toda prisa, guardó el revólver en el cajón y se sentó a esperar lo que tuviera que suceder. Esa vez fue él quien dejó que los ojos se le llenaran de lágrimas. Cerró los puños para contener el llanto que le sobrevenía, se dijo: «Soy un hombre», y decidió que en cuanto el padre saliera del baño le contaría todo, antes siquiera de que él le preguntara nada.

Aún pasó un buen rato convencido de que lo mejor era confesarlo todo, pero la ducha se alargaba, y eso presentaba muchas otras posibilidades. Si se libraba de esa, no lo volvería a hacer, juró Paulo con la misma sinceridad con que se lo había jurado otras veces. Deseó que el mundo se acabara antes que aquella ducha, pero lo que pasó no fue eso. Paulo oyó a su padre cerrar el grifo, frotarse el cuerpo con la toalla, sacudir la maquinilla de afeitar contra el lavabo y, por fin, abrir la puerta.

El caso de la mariposa

«Nadie nace mariposa», pensó Breno. Después dijo en voz baja: «La mariposa es un regalo del tiempo». Fuera, la mariposa no pensaba en nada de eso. Se dedicaba a revolotear por la noche de árbol en árbol. Era azul y, en su día, sin duda, había sido oruga. Breno tiene nueve años y es un niño. Una oruga es como si fuera una mariposa niña, pero cuando Breno sea adulto no se va a convertir en mariposa, sino en hombre, y los hombres no vuelan. El sueño de Breno es volar, ya sea como piloto de avión o como futbolista. Como mariposa nunca ha llegado a pensarlo; tiene nueve años, pero sabe que es un niño, no una oruga. La abuela de Breno siempre dice: «Las orugas te queman los dedos y comen plantas, pero se convierten en mariposas. Nadie nace mariposa». Ahora el niño piensa y mira a la mariposa en la ventana. «Esta mañana vi un montón de agujeritos en las hojas.» «Eso es cosa de las orugas», le explicaron. Los agujeros de las cerezas y las guayabas son cosa de los pájaros. Eso nadie tuvo que explicárselo, porque siempre ha visto a los pájaros picotear las frutas, menos al colibrí, que solo sorbe agua del bebedero que cuelga del guayabo. «¿Qué comerán las mariposas? ¿Los colibríes solo beben agua?» Lo pensó un buen rato, y le entró hambre. Se dirigió a la cocina.

La abuela dormitaba frente a la telenovela de las siete, su momento favorito para dar una cabezada. Breno lo sabía y no quiso despertarla para pedirle algo de comer. La ventana de la cocina estaba abierta. Era una ventana enorme que daba al patio de la casa. Breno había oído a algunas personas comentar lo raro que era tener una ventana así en la cocina. Su abuela siempre les explicaba que la cocina, antes, había sido un dormitorio y que por eso había una ventana. A Breno le parece normal. Desde que tiene memoria, eso es una cocina y tiene ventana, y le encanta. Mientras su abuela prepara la comida, él contempla el mundo. Quien no tenga ventana en la cocina, mala suerte. Breno decidió que lo mejor que podía comer en ese momento eran galletas. «Ojalá quede alguna. Si no quedan, estaría bien comer unos huevos.» Sabe cómo se hacen: solo hay que encender el fuego apretando el botón, poner la sartén en el fuego, romper el huevo sobre la sartén y revolverlo con el tenedor. Ahora que tiene nueve años ya no necesita subirse a una silla para usar el fogón. Abre el frigorífico y ve tres huevos. Cierra el frigorífico y va a buscar las galletas. Entra una mariposa en la cocina. Es más grande y más bonita que la de antes. Parece desesperada, se choca contra las paredes, una tras otra, hasta quedar presa detrás de la puerta entornada. Breno va hasta la puerta y tira de ella para que salga la mariposa, que vuela directa hacia el lado opuesto de la cocina, donde están la ventana y el fogón. Breno la sigue con la mirada y espera a que salga por la ventana. En el fogón hay una cazuela destapada llena de aceite (ese día han comido patatas fritas). La mariposa vuela en dirección al fogón y, justo al pasar por encima de la cazuela, cae como atraída por el aceite, igual que cuando Breno atrae monedas con su imán.

Fue corriendo a ver a la mariposa, que nadaba en el aceite lentamente. Quería sacarla, pero nunca había metido la mano en aceite. Solo quema si está encendido el fuego, estaba casi seguro. Corrió a buscar el rollo de papel de cocina y sacó a la mariposa de la cazuela. La miró con atención: toda empapada de aceite. Cada parte de su cuerpo de insecto. Las alas iban goteando aceite por la cocina. Confirmado: solo quemaba si estaba encendido el fuego. La mariposa se movía mucho. Trató de ponerla en la ventana.

Cogió las galletas y se fue a la habitación. Empezó a comer; eran de chocolate y estaban ricas. Pero no conseguía olvidarse de la mariposa nadando en la cazuela. El cuerpo entero hundido en el aceite. Empezó a imaginar cómo sería si le pasara a él, se vio sumergido en aceite dentro de una cazuela tan grande que en ella cabía un niño, se imaginó todo el pelo lleno de aceite, los ojos, los oídos, la nariz, la boca. Comía galletas y fantaseaba. Se chupó el dedo que había metido en la cazuela para figurarse mejor su cuerpo en aceite. No le gustaba figurárselo, pero no lo podía evitar. Era como olerse la mano cuando huele mal o algo por el estilo. Se chupó el dedo y le supo a rayos. Mucho peor que las galletas de chocolate. Se acordó de su abuela, que decía que si te entraba polvillo de mariposa en un ojo te quedabas ciego. Tuvo miedo de ponerse malo: el dedo que se había chupado, además de aceite, debía de tener polvillo de ese. Fue corriendo a la cocina para ver a la mariposa. Estaba tiesa, muerta. Le dio pena y pensó en enterrarla. Decidió que la mariposa iba a ser su bicho favorito, siempre que no se pusiera enfermo por haberse chupado el dedo. Tenía que avisar a su abuela para que no friera más patatas en esa cazuela. Hasta que amaneciera, dejaría la mariposa en la ventana de la cocina. De regreso a la habitación, vio que la abuela seguía dormida. Se tumbó en la cama y dio las últimas zambullidas mentales en el aceite. Ya solo pensaba en no ponerse malo por culpa del polvo de mariposa. Nadie nace mariposa. Sintió miedo y unos pinchazos en el estómago, se asustó creyendo que eran consecuencia del polvillo que te deja ciego cuando se te mete en los ojos, y después se durmió.

La historia de Periquito y Cara de Mono

Cuando las unidades de la Policía Pacificadora ocuparon el morro, lo de pillar maría se puso muy chungo. No te imaginas la paranoia; nadie quería asomar la nariz, solo había niños haciendo recados para los camellos. Mocosos de ocho, nueve años. A veces me daba lástima ver a los niños metidos en ese rollo, pero las personas nos acostumbramos a unas movidas tan siniestras que la lástima es algo que pasa rápido. Y todo el mundo siguió pillando droga.

Lo mejor que pudiste hacer, colega, fue largarte a Ceará un poco antes de aquella época, te lo digo en serio. La situación se volvió muy loca, la pasma hostigando, irrumpiendo en las casas, humillando a los vecinos por cualquier chorrada. Ya sabes cómo son. Sobre todo con el telediario hablando de ellos sin parar, tenías que haberlo visto. Los muy flipaos encontraban una pistola escondida, media docena de walkie-talkies, y venga, ya era noticia de primera plana, y todo dios convencido de que así se iba a acabar con el tráfico. Hay que ser idiota, en serio. Que les pregunten cuántos fusiles encontraron, cuántos alijos gordos, cuántos criminales de verdad. Alucino cuando me doy una vuelta por la ciudad y veo que nadie tiene ni idea de lo que pasa por aquí arriba.

La movida no tardó en salirse de madre. Los parapoliciales resolvían el asunto a las bravas, los drogatas atracaban bares, asaltaban a los vecinos del barrio, hasta robaron en una tienda Ricardo Eletro. Cuando los manguis se encerraron en sus madrigueras y entraron los maderos, esto se volvió tierra de nadie, colega. Sobre todo porque los capos del morro se piraron a otras favelas que estaban más tranquilas. Los que nos jodimos fuimos los vecinos de a pie, como siempre. La policía nos paraba a todas horas para preguntarnos adónde íbamos, qué andábamos haciendo. A tomar por culo, joder..., ¿he nacido y me he criado en esta mierda para que ahora venga un policía a pedirme explicaciones? Todo el mundo andaba echando pestes.

En esas estábamos cuando se reactivó el negocio: los narcos desempolvaron las armas, pusieron más gente a trabajar y levantaron el ánimo de los camellos para volver a hacer pasta. Al principio fue muy jodido, todo eran tiroteos. Hacía años que no se pegaban tantos tiros en la Rocinha. Casi no se hablaba de otra cosa, amanecíamos esperando los disparos. Al principio era solo para asustar a la policía, para que vieran que la cosa no iba en broma, pero enseguida empezó a morir gente de los dos bandos.

Al cabo de un tiempo, unos y otros se cansaron de pasarse el día entero a tiro limpio y se retiraron a sus posiciones. La policía se quedaba en su sitio, los maleantes en el suyo, y fue recuperándose la normalidad. Ya podías hasta fumarte un porrito en la calle; a escondidas, pero podías. La putada fue que la hierba era cada vez peor. Me explico: cuando la Pacificadora entró en el morro, a los dos días ya se podía pillar marihuana, solo que no era la hierba de siempre. Nunca he llegado a entenderlo. ¿Te acuerdas de la bengala, la hidropónica? ¿En tu época ya rulaba? Pues eso, ya sabes que siempre venía escasa, pero es que colocaba mogollón. Lo recuerdo como si fuese hoy, colega, justo un día antes de que entrara la policía. Se respiraba una tensión del carajo, nadie sabía lo que podía pasar. Corría el rumor de que los narcos no iban a entregar el morro, sino que iban a liarse a tiros con la madera hasta no aguantar más, confiando en convertirse en noticia para que el gobernador de Río mandara detener la operación. El argumento era que el morro es muy grande y los narcos podrían dispersarse por todas partes y no dejar entrar a la poli. En algún momento tendrían que parar el tiroteo, para no poner en peligro a los vecinos. Según otro rumor, iban a entregar el morro al instante para recuperarlo después, de nada servía intercambiar disparos con los maderos, se decía que estos iban a subir con el ejército y toda la vaina, como ya habían hecho en Alemão. Pero en realidad nadie sabía nada con certeza, esa era la jodienda. No hay nada peor que ponerte a imaginar una movida que sabes que va a ocurrir pero no sabes cómo. Hasta que un día, justo el último antes de la ocupación, fui a pillar hierba a vía Ápia porque en esa época yo vivía en un cuarto alquilado allí mismo, en travesía Katia, y al llegar al local de los camellos me encontré a Renatinho, un amigo de toda la vida, habíamos ido al cole juntos. Yo ni siquiera sabía que había vuelto a trapichear. La última vez que nos habíamos visto él estaba trabajando en una farmacia de São Conrado y a punto de ser padre de una niña. En el local, todo el mundo intentaba aparentar normalidad, pero se notaba algo raro en el ambiente. Te suelto este rollo porque recuerdo que ese día pillé bengala, y fue la última vez. Después de la ocupación de la policía empezaron a vender esta hierba vieja, toda reseca, esta alfalfa del demonio que fumamos ahora.

Entonces, cuando todo el mundo creía que lo peor ya había pasado, entra en escena Cara de Mono. Era un teniente hijo de puta que llegó arrasando. Lo que daba más rabia era que su objetivo no eran los traficantes. No, el tipo iba a por los drogatas. Decía que la culpa del narco la tenían los toxicómanos. La madre que lo parió, colega, tenías que haberlo visto. En esa época yo me había mudado otra vez a Cachopa y justamente allí hacía la ronda Cara de Mono. Todos los días aparecía de repente, siempre a una hora distinta; si pescaba a alguien fumando o esnifando, o sospechaba que estaba allí para comprar droga, lo molía a palos. En serio, no sentía ninguna lástima el hijo de puta. Al primer farlopero que pilló metiéndose una raya en el callejón lo obligó a esnifarse una papela entera delante de él, de un tirón. A la una del mediodía, con todo el solazo.

Después empezó a golpearle la cabeza contra la pared, le dejó la cara hecha un mapa.

Otro día, aquello ya fue la hostia, hizo meterse a Negrito en una cloaca. El chaval estaba fumando en la cuesta de Vila Verde y cuando vio aparecer a los maderos tiró el canuto a la cloaca. En qué hora, tío. Cara de Mono se puso hecho una fiera. Le puso la pistola en la cara y le preguntó dónde había comprado la marihuana. Negrito le dijo que en Parque União, que todo el mundo iba a pillar allí porque en el morro ya no se movía hierba. Cara de Mono le dio tal culatazo en la cabeza que Negrito empezó a sangrar al instante. Le repitió la pregunta y le dijo que si no contestaba le iba a pegar un tiro en la jeta, o si no iba a tener que lanzarse a la cloaca. Negrito no se lo pensó dos veces y saltó. Ahora todo el mundo dice que el chaval tiene leptospirosis, la enfermedad esa que se agarra si tocas meado de rata.

Pero el auténtico pifostio se armó cuando Cara de Mono pescó a un niño pijo que bajaba por la cuesta de Cachopa. El pijo llevaba marihuana, coca, pastis, lanzaperfume y de todo en la mochila. Lo había traído Sushi para que hiciera la compra del mes. El teniente le montó un pollo en la carretera de Gávea, delante de todo el mundo. Le dijo que no se quejara si un día le pegaban un tiro, porque estaba dando dinero a los maleantes para que luego estos compraran armas. Esos maderos son la hostia de graciosos, como si no fueran ellos los que venden las armas en los morros. Pero la cosa no quedó ahí, porque el pijo no se achantó, sino que empezó a discutir con el teniente y se vino arriba. Cara de Mono dio marcha atrás, muy cubiertas debía de tener las espaldas el niñato aquel para hablarle en ese tono. Y vaya si las tenía: era hijo de un juez, de un magistrado, yo qué sé, una movida de esas con las que los polis se cagan de miedo.

Hostias, chaval, Cara de Mono se volvió loco, dicen que salió de allí echando espuma por la boca como un perro rabioso y que al subir la cuesta ya iba pensando en hacer

42

alguna maldad. El vigía lo vio y salió pitando para dar el agua a los chavales que estaban en la calle. Pero justo entonces el teniente vio a Buiú fumando un porro con Limón en una azotea. Resulta que en esa época varios polis habían dicho que, si queríamos fumar hierba, teníamos que fumarla en las azoteas. Entre otras cosas porque ni saben cómo se sube a las azoteas, siempre han sido el sitio más seguro del morro. Pues, mira, Cara de Mono se apostó por allí cerca hasta que bajaron los chavales. Y en cuanto bajaron se les acercó con sigilo y les echó el guante a los dos. Pero esa vez no hizo nada en la calle, sino que se los llevó a la casa del maestro, que en esa época ya era la base de la poli, y los puso finos. La noche entera estuvieron haciéndoles putadas, dicen que hasta les metieron una zanahoria por el culo, se pasaron mucho.

Lo que Cara de Mono no sabía era que Buiú era hermano de leche de Periquito el Ráfagas. Un menda que está grilladísimo, las cosas como son. Para empezar porque para abrirse paso en el mundo del narco con esa voz de pito, aunque sea por un problema de garganta, hay que ser una bestia parda pegando tiros. Y él se hizo un nombre justamente en la época de más tiroteos, se convirtió en mano derecha del amo y señor del morro y toda la hostia. Bueno, el caso es que Periquito, que ya tenía entre ceja y ceja a los maderos de Cachopa, estalló del todo cuando se enteró de la movida de Buiú. Solo hablaba de vengar a su hermano. Al principio la gente pensaba que lo decía porque tenía que decirlo y que no iba a pasar de ahí. Pero con el tiempo se dieron cuenta de que el tipo hablaba en serio y trataron de convencerlo para que desistiera, le decían que no se rayase con esa historia, que si mataba al poli la mierda les iba a salpicar a todos.

Pero ya estaba decidido. Un hombre de verdad no deja que nadie toque a su familia. En eso le doy la razón. Lo malo es que Cara de Mono siempre hacía la ronda con otros cuatro o cinco y no era fácil liarse a tiros él solo contra toda esa tropa, no era plan. Periquito ya ni pegaba ojo, se pasaba las noches en blanco metiéndose rayas y maquinando la venganza. Hasta que un día se le iluminó la bombilla y lo vio claro.

Para llevar a cabo el plan, necesitaba una chica que estuviera muy buena, algo que, modestia aparte, en Cachopa no falta. Pero no bastaba con que estuviera buena, tenía que ser una tía espabilada y con muchas horas de vuelo. Entonces pensó en Vanessa. Primero, porque está como un tren y, segundo, porque ya llevaba tiempo haciendo la calle, o sea que tenía la experiencia y la sangre fría necesarias para seguir las instrucciones de Periquito.

El plan era llevarse a Cara de Mono a un chabolo que Periquito había alquilado únicamente para esa movida. Eso fue fácil. Vanessa llamó al poli desde una esquina y le dijo que se acercara, como si fuera una soplona, porque tenía algo importante que contarle. Y el poli se acercó, claro, ¿quién no se acercaría? Ella le dijo que los hombres de uniforme la ponían muy cachonda, que ya había soñado varias veces con él y se había despertado toda mojada, y se lo dijo susurrando con esa voz que se la levantaría a un muerto. Los otros maderos también se querían apuntar, creyendo que iba a montarse una orgía, pero Vanessa dijo que solo quería rollo con él. A Cara de Mono le gustó la idea, seguro que nunca se había tirado a un pibón como ese sin pagar, y los mandó a todos de vuelta a la base.

Periquito estaba esperando a Cara de Mono dentro del cuarto de baño con un M16 apuntando a la puerta. Su idea era que Vanessa se metiera en el baño y entonces, si todo iba bien, llamara al teniente para que él también entrara en el baño y Periquito pudiera coserlo a balazos. Pero en cuanto los dos llegaron al chabolo, Cara de Mono se puso a desnudarla y, como Vanessa no tiene un pelo de tonta, le dejó hacer, fingiendo que le gustaba. Ella a su vez logró quitarle el chaleco, después todo el uniforme, y los dos se quedaron en bolas encima de la cama. La chica intentó ir al baño, pero el poli no la dejaba levantarse. Entonces empezó a gemir muy alto, para que se la oyera desde el baño. Periquito salió de puntillas y, cuando Cara de Mono lo vio, ya tenía el cañón en la frente. Vanessa se zafó del abrazo del poli y le escupió en aquella cara de mono.

Unos chavales ayudaron a Periquito a llevar el cadáver hasta el bosque, y él le pegó fuego. Luego tuvo que largarse del morro, ya le habían avisado de que si mataba al madero se iba a liar la de Dios, y vaya si se lio. Hubo varios operativos por culpa de aquel asunto. Pero el caso es que al cabo de un mes ya estaba todo tranquilo en la plaza de Cachopa.

Después de que no lograran encontrar por ninguna parte el cuerpo de Cara de Mono, salió una foto en el periódico con la frase: «Los hijos del teniente Roberto de Souza lloran en su entierro simbólico». Te lo juro, hasta yo, que odio a la policía, sentí un poco de pena al ver a esos niños.

El primer día

Cuando acabó el curso escolar, André ni siquiera dejó que sus compañeros le escribieran algo de recuerdo en la camiseta. Era su último día y estaba harto del colegio, de la profesora, de los alumnos, de todo. Además, se moría de vergüenza cada vez que una chica guapa le preguntaba a qué cole iba y tenía que contestar: Antônio Austregésilo. «Joder —pensaba—, ¿cómo puede llamarse así un colegio o, peor aún, una persona?». Con todo, en cuestión de nombres, se consolaba al recordar que algunos amigos suyos iban a sitios peores, escuelas con nombres que eran una invitación a la burla instantánea, pues se prestaban a ripios de este estilo: «Ubaldo de Olivera, entras burro y sales calavera», o el clásico «Djalma Marañón, entras burro y sales ladrón». Al menos Austregésilo no rimaba con nada, solo cargaba con la lacra de ser un nombre feísimo. Luego estaba el detalle de que André era repetidor en un colegio de primaria, o sea, lleno de niños de siete y ocho años, cuando él ya tenía once y estaba a punto de cumplir doce, se consideraba prácticamente un adolescente.

Todo eso iba a cambiar al matricularse en el Henrique. André estaba convencido de que había acertado de lleno. Consciente de que todo el mundo respetaba su futuro colegio porque allí los alumnos eran muy cañeros, él también soñaba con volverse cañero y con labrarse un nombre aprovechando que todas las semanas había gresca con los del Getúlio. El único colegio de la zona que se enfrentaba a hostia limpia con el Getúlio era el Henrique. La disputa entre ambos centros formaban parte de una rivalidad que se transmitía de generación en generación sin que nadie supiera cómo había empezado ni mucho menos cómo iba a terminar, una enemistad aderezada con una serie de historias terribles que se contaban cada tanto por las calles de Bangu.

André siempre andaba despistado. En clase, en misa, en las comidas familiares. Siempre estaba ausente, fantaseando sobre cualquier cosa con la misma pasión y la misma urgencia. El único momento en que no sentía la necesidad de soñar despierto era en vacaciones; esos días prefería mantener los pies en la tierra, correr muy rápido, sentir que el corazón le palpitaba con fuerza. Pero esta vez no podía dejar de pensar en su estreno en el cole nuevo. Por más que llenara las mañanas con la cometa, las canicas y la peonza y las tardes con las pachangas de fútbol que reunían a toda la pandilla, André reservaba un hueco en sus pensamientos para soñar con el futuro inmediato.

La víspera del primer día de clase no pegó ojo. Se pasó la noche entera dando vueltas en el sofá cama, imaginándose la nueva vida que lo esperaba en el colegio de los mayores. Ahora iba a tener ocho profesores, uno por asignatura. Podría suspender hasta dos de ellas y recuperarlas en el curso siguiente. Había decidido meterse en la primera bronca que se montara para defender al colegio y lucharía con tanto amor por el uniforme que se iba a ganar la simpatía de los chicos mayores que él. No es que le gustaran las peleas ni que fuera especialmente hábil dando puñetazos o patadas; hasta entonces había tenido una actuación mediocre en las trifulcas con los niños de su edad. Pero no había vuelta de hoja, estaba seguro de que era la única forma de ganarse el respeto que necesitaba. De lo contrario, su vida sería un infierno, le iban a estar dando collejas y burlándose de él por mocoso de lunes a viernes hasta séptimo.

Dejó en casa los lápices de colores, la regla, los bolígrafos y el resto del material que su madre se empeñaba siempre en comprar de golpe, aunque se resintiera su bolsillo, y cogió solamente el cuaderno del Flamengo y un boli Bic.

Usar estuche, sentarse en primera fila, responder a las preguntas del profesor son ideas malísimas para quien pretenda hacerse respetar en el cole.

Por los agujeros redondos de la pared que hacían de ventanas se veía el campo de fútbol. Era grande, con cubierta y todo, tenía hasta un vestuario para ducharse después de las clases de educación física. Aunque estaba nervioso y trataba de controlar todos y cada uno de sus pasos, André conseguía sacarle un poco de jugo a las novedades.

Vio a dos chicas sentadas al fondo del campo de fútbol, cerca de la valla, fumando un cigarrillo a escondidas del bedel. Asistió a la escena con satisfacción, como si en ese momento fuera un poco cómplice de ellas. Sentía que estaba creciendo, madurando ante la vida nueva que se le presentaba. ¿Qué pasaría cuando tuviera veinte años? ¿Sería empresario, futbolista, paracaidista?

La última clase antes del recreo era de francés, y André no entendió ni papa. No lograba apartar la vista de la uniceja del profesor, además de que el idioma en sí no le interesaba lo más mínimo. Él lo que quería era estudiar inglés, porque todo el mundo decía que daba dinero, y también por los videojuegos. Sabía que, si aprendía el idioma que hablaban los personajes de los juegos favoritos de los niños, todos lo invitarían a jugar. En aquella época era más fácil aprender inglés en el colegio que convencer a tu madre de que te comprara una consola. André solo volvió en sí cuando sonó la campana, momento en que oyó a un compañero informar a toda la clase de que *cu*[*] en francés significaba 'cuello'. Ese dato le despertó cierta simpatía por la asignatura. Aquel idioma podría no servir para nada, pensó André, pero tenía su gracia.

En la puerta del comedor estaban los chicos de octavo. Los vio en cuanto puso el pie en el patio. Sabía que para

---

[*] 'Culo' en portugués. *(N. del T.)*

sobrevivir en ese colegio tendría que mantenerse firme ante cualquier situación de terror.

—Aquí no va a almorzar nadie —dijeron.

André clavó la mirada en uno de ellos y trató de endurecer la expresión al máximo, de parecer peligroso e imprevisible.

—Venga, todo el mundo al baño —dijo uno medio pijillo con el pelo alisado y teñido de rubio.

Todos obedecieron. Al llegar, les soltaron la charla sobre el funcionamiento de la escuela. André no perdía palabra. Le pareció justo.

—Todos los novatos tienen que pasar la prueba —dijeron tras explicar las reglas.

André pensó enseguida que se trataría de pederastia. Para eso no estaba preparado, no se imaginaba que en el colegio de los mayores, donde las chicas ya fumaban y se lo hacían con los chicos, tuviera que pasar por algo así. Pero no era eso.

Se trataba de la prueba de «la rubia del baño». André conocía muy bien esa historia y no daba crédito a lo que oía. La rubia del baño fue una niña que se suicidó después de que la violaran en los servicios del colegio. Desde entonces, cada vez que alguien dice «rubia del baño» tres veces delante del espejo, la niña se aparece. Entonces hay que salir huyendo lo más rápido posible antes de que el espíritu se apodere del cuarto de baño, porque, si uno está presente cuando eso ocurre, solo tiene dos opciones: volverse loco por la presencia de la niña o ser abducido hacia el interior del espejo.

Un día, André afrontó el desafío por su cuenta, por simple curiosidad, y consiguió escapar. Pero pasó tanto miedo que se prometió a sí mismo que nunca, por nada del mundo, volvería a hacerlo.

—Bah, ponnos una prueba de verdad, joder —les soltó—. Esa chorrada de la rubia del baño es para asustar a los niños del Antônio —y se rio sin ganas.

El chico del pelo alisado sentenció:

—Pues, como no te lo crees, vas a ser el primero. Venga, todo el mundo fuera del baño.

Salieron todos, se cerró la puerta, se apagaron las luces. André ardía de angustia pensando en los capones que se iba a llevar, en las chicas que no iba a ligarse, en los partidillos que no podría jugar y en todas las cosas horribles que le sucederían si flaqueaba en ese momento. Afirmó las piernas temblorosas en el suelo, respiró hondo, miró fijamente a los ojos reflejados en el espejo y entonó la oración: «Rubia del baño, rubia del baño, rubia del baño».

La firma

No tenía que estar allí. De repente, todo se confundía: bebía cerveza, sentía nostalgia, orgullo, deseo. Apareció un chico con un bote de pintura diciendo no sé qué de un sitio perfecto para firmar, la bola de metal bailando dentro de la lata, el olor intenso de la adrenalina. Cuando lo vio, él ya estaba trepando hacia la azotea del edificio, asustado por la mujer que gritaba muerta de miedo: «¡Al ladrón!».

El chico de la pintura era uno de esos que andan siempre homenajeando a los grafiteros famosos y les ofrecen cigarros, birra, hierba, y pintura, claro. Todo con la esperanza de poder salir un día a bombardear juntos, de plantar su firma en la misma marquesina, cornisa, ventana. O incluso en una pared enlucida, un enfoscado o sencillamente en una puerta. Lo único que importa es acoplarse a ellos y aprovecharse de su fama como una garrapata chupa la sangre. Todo el mundo estaba hasta las pelotas de esos pibes, Fernando también.

Digo Fernando porque hasta ese momento había dejado atrás el nombre que usaba para tatuar la ciudad, ya llevaba casi tres meses sin firmar nada, no escribía el nombre ni con bolígrafo, hasta evitaba hacer la forma de las letras con los dedos. En el autobús se distraía con cualquier cosa para no mirar por la ventanilla: leía libros, periódicos, toqueteaba el móvil, seguía el horóscopo en las pantallas de publicidad. Había decidido cambiar su relación con la ciudad para no excitarse al divisar azoteas idóneas ni flipar con la cantidad de firmas virgueras que se encontraba por el camino.

Desde que nació Raúl, su hijo, Fernando había hecho de todo para cambiar de rumbo. Era difícil luchar contra los instintos. Ya no quería dejar su marca en las alturas, ni que lo reconocieran como el Loco Dispuesto en las quedadas o lo llamaran para firmar una pintada que ya se había convertido en reliquia. Lo único que quería era preocuparse de su hijo, conservar la vida, estar presente. Y para eso, siempre lo había sabido, tenía que abandonar las firmas, dejar morir al personaje que había construido a fuerza de arrojo y valentía. O, como mínimo, arriesgarse menos, renunciar a las alturas, tomárselo con más calma. Lo cual, en definitiva, suponía una muerte mucho peor.

No vio de dónde procedían los disparos, imposible saber si había sido la policía, los parapoliciales o un vecino. En realidad daba igual; de madrugada y lejos del morro, siempre estás solo contra el mundo. Por suerte, era un edificio bajo, cinco pisos nada más, ya casi había alcanzado el tejado cuando la mujer se puso a gritar y se jodió el invento. Menos mal que conservaba los reflejos: en dos tiempos llegó a la azotea y logró controlar la respiración. Desde arriba buscó con la mirada al chaval de la pintura, pero el hijo de puta ya se había largado, ni siquiera llegó a subir al edificio.

Pensó en lanzar el bote, explicar que no era un ladrón, que no estaba allí para quitarle nada a nadie. Todo lo contrario, su intención era dejar de regalo su firma en aquella fachada. Ya sabía todo lo que iba a pintar, el tamaño de la secuencia de nombres, el espacio entre uno y otro. Además, pensaba añadir un verso de una canción de los Racionais, «La pesadilla del sistema no teme a la muerte», y dedicárselo a los amigos que habían dado su vida por el arte.

Al final no lanzó el bote. En esas situaciones, a ojos de los servidores de la ley, el grafitero y el ladrón tienen casi siempre el mismo valor y deben correr el mismo destino. Fernando era consciente de eso, conocía bien a sus adversarios, llevaba años enfrentándose a ellos. No los despreciaba, porque entendía que eran imprescindibles para el funcionamiento del juego. A fin de cuentas, si no hubiera tanta gente dispuesta a todo para impedir que los colores y las firmas se propagaran por calles y edificios, la actividad del grafitero carecería de todo sentido. Para jugar un partido hacen falta dos equipos. Fernando decidió que era mejor esperar, dejar que se calmaran los ánimos. Si no veían a nadie, se irían enseguida. Esa vez no saldría victorioso, pues sus trazos seguirían faltando en aquella fachada, pero estaba convencido de que, en determinadas ocasiones, un empate podía ser un buen resultado.

Las firmas tienen que ver con la eternidad, marcan tu paso por la vida. Fernando, como la gran mayoría de la gente, sentía la necesidad de no pasar inadvertido por el mundo, y cuando quiso darse cuenta ya se había juntado con todos los grafiteros de su calle. Era una pasada desvelar los misterios de aquel arte prohibido, oír las historias de nombres que sobrevivían en la ciudad desde hacía más de veinte o treinta años y que, a buen seguro, aunque repintaran las fachadas o derribasen los muros, iban a permanecer en el recuerdo. Él quería pasar a la historia de esa forma y ganarse el respeto y el recuerdo de las personas que le importaban. Esa había sido siempre su mayor motivación a la hora de pintar, más que la fama, la rebeldía o la estética, aunque todo eso también contribuyera a dar sentido al asunto. Fernando quería dejar huella en su ciudad y en su época, trascender las generaciones desde la calle, convertirse en hecho visual.

La llegada del hijo lo había descolocado. Era una segunda vida, ahí mismo, en sus brazos. Tenía sus rasgos, enseguida tendría su sonrisa, su forma de hablar. Por eso no podía estar allí, en lo alto de aquel edificio. Cuando anunció que lo dejaba, los colegas se le echaron encima: ¿no lo dejaste por tu madre y vas a dejarlo por la parienta? Pero por más que le molestara ser tachado de calzonazos, Fernando ni se molestaba en replicar.

Hay días en que el sol luce hasta de noche y el calor, el colchón encharcado de sudor, no dejan dormir a la gente.

Muchos salen a la calle porque necesitan respirar, por eso la concurrencia en la acera no dejaba de crecer, aunque fueran más de las dos de la madrugada. Los vecinos se acercan sin saber lo que pasa, se informan del motivo de la aglomeración y se dejan envolver por la calle y su increíble capacidad de transformar a personas normales, que aman y lloran, que sienten hambre y nostalgia, en algo completamente distinto, en una unidad capaz de rebasar los límites particulares de cada uno de los individuos que la integran, en un todo que no tiene inconveniente en ver chorrear la sangre por la ropa del objetivo si con ello se satisface su concepto de justicia en el momento exacto del impacto. Se trataba una vez más de la sed de justicia contra el desconocido, como ha ocurrido siempre desde el principio de los tiempos. Fernando contemplaba a la muchedumbre sin sorprenderse. Pintar es arriesgado, el hombre es malo, siempre lo supo. A toda acción le corresponde una reacción, y cada palo que aguante su vela.

Le entraron ganas de echarle valor y pintarrajear el edificio entero, delante de todo el mundo. Demostrarles que, aun después de marcar el territorio con pintura, la vida sigue, hasta que una fuerza superior —como la de un dios o un arma— decida interrumpirla.

Intentaba, sin conseguirlo, recordar el momento exacto en que se dejó llevar, el instante en que una fuerza se impuso a otra y lo arrastró hasta allí. Tenía la sensación de que la vida nunca deja espacio para planear nada, las cosas van sucediendo de una forma u otra y se llevan por delante todos los proyectos. Tan solo en el futuro —cuando llega— se puede entender lo ocurrido y reír o llorar con las historias vividas.

Fernando se acuerda de su padre llamando a la puerta. Unos golpes fuertes. Su madre decía: «¡No abráis!». Ella solo lo dejaba entrar cuando estaba sobrio, y por los golpes sabía si estaba borracho. La mujer se gastó un dineral en cerraduras, pero los hijos ya no tendrían que volver a ver a su padre tirado en el suelo de la cocina. Fernando quería abrir la puerta, se acordaba de su viejo enseñándole a volar la cometa, llevándolo al festival de la Quinta da Boa Vista, inflando globos para soltarlos los días de fiesta.

Tuvo un mal presentimiento. Por primera vez en esa noche sintió que la situación escapaba por completo a su control. No tardó en sucumbir a la desesperación. Algo le decía que esa vez no iba a salir bien parado. No tenía nada que ver con la película que, según dicen, te muestra toda tu vida justo antes de morir. Era un recuerdo vivo, desordenado, que iba y venía sin cesar, palpitando desbocado frente a una incertidumbre absoluta, latiendo con la misma fuerza y velocidad que el corazón. Era un dolor, un miedo, un odio a la vida, todo junto y mezclado con el edificio, los disparos, su hijo, los gritos de la señora y toda aquella gente reunida en la acera.

Esta vez la adrenalina jugaba en su contra. Se repetía el mismo mantra de siempre, que solo se vive una vez, pero obtenía el efecto contrario. En lugar de alimentar el valor, lo ahogaba. Como siempre se ahoga todo cuerpo dominado por el miedo.

En la época en que dejó de firmar, le gustaba llegar a casa pronto, salía corriendo del trabajo para recibir el abrazo de su mujer y la sonrisa aún desdentada de su hijo. A veces llevaba algo de la calle para cenar, los fines de semana bebían vino o cerveza, según el tiempo que hiciera. Le gustaba tumbarse en la cama y, en vez de repasar mentalmente los lugares estratégicos en los que planeaba dejar su firma, solo acertaba a pensar en la suerte que tenía de estar vivo.

Apostado en la azotea, con la vista fija en aquella patrulla espontánea, Fernando no pudo evitar pensar en su padre. En la forma en que el hombre, cuando desistió de franquear la puerta, fue rebotando de casa en casa de sus parientes hasta quedarse casi definitivamente en la calle, gastándose todo el dinero de la pensión en cachaza. Recordó las veces en que había dicho por ahí que iba a ser mejor padre para su hijo de lo que su padre había sido para él, que iba a darle a Raúl todo lo que él no había tenido. En aquel momento, sintiendo el peso de sus decisiones, tuvo la fuerza necesaria para salir un poco del lugar donde siempre había estado. Era una pena que su padre estuviera muerto y que el deseo de pedir perdón ya no sirviera para nada.

No podía seguir así. Tenía que resolver la situación, tomar el control, estudiar las posibilidades. Toda esa peña allí abajo ¿lo habría visto ya? Pensaba que no, quería creer que no, pero ¿quién iba a pasar tanto tiempo buscando a alguien salvo que tuviera alguna pista? Más valía aceptarlo, ya debían de haberlo visto, estaban a la espera, no cabía otra.

En ese caso, no había más forma de salir de allí que tirando de labia. Si no decía nada y se daba a la fuga, podía perfectamente llevarse un tiro; la gente se asusta y nunca se sabe cómo va a reaccionar. Lanzó el bote, esperó algunos segundos hasta oír el ruido que confirmaba la entrega de su mensaje, gritó: «¡Soy grafitero!», y se sintió vivo.

Tras esa primera tentativa de conversación, un vecino abrió el portal y los hombres subieron. Algunos se quedaron abajo, vigilando una posible huida. Estaba claro que no querían hablar. Fernando sabía que si se quedaba quieto no iba a correr el riesgo de llevarse un tiro a quemarropa. Al menos no delante de tantos testigos y en un edificio residencial. Un guantazo bien dado sí que se llevaría. Patadas y puñetazos en desquite del tiempo perdido, y a saber cuántas otras frustraciones.

Lo malo es que las palizas también matan. Imposible olvidar a tantos amigos muertos a golpes en los barrios residenciales, con traumatismo craneal, hemorragia interna. Y, aunque no le hubiera llegado la hora y sobreviviera a la zurra, tendría que explicar en casa todos esos hematomas, y entonces descubrirían que había vuelto a pintar, que había recaído en el vicio, y pensarían que es un débil y también un hipócrita por pasarse la vida quejándose de que su padre lo hubiera abandonado por el alcohol y que él ahora abandonase a su hijo por las pintadas.

Con el peso del cuerpo rompió el tejado del edificio contiguo. El ruido cogió a todos por sorpresa al quebrar el silencio y la tensión estática que la noche había acumulado hasta el momento. Por suerte, el suelo no estaba muy lejos, el tejado servía de protección al trastero del edificio, que estaba lleno de cachivaches. El escondite perfecto, pensó. Y solo entonces notó que le dolía el pie, le dolía mucho, como si se lo hubiera torcido o, peor aún, como si se lo hubiera roto. La sangre se le escurría y le empapaba el pantalón, sentía el olor y el calor que le subía por la pierna.

Logró arrastrarse hasta detrás de una pila de tablones y se sintió más protegido. Tenía ganas de gritar por todo ese dolor, soltar todas las palabrotas que conocía para ver si se le pasaba, cuando oyó uno, dos, tres disparos. Todos hacia arriba, según dedujo por el eco, a buen seguro hechos con la intención de asustarlo, para que se moviera y delatara su posición.

Apagado el eco de las detonaciones, se vio sumido en una oscuridad y un silencio diferentes de cuantos había conocido. No tardó mucho en entender todo lo que existía a su alrededor, por sus venas corrían certezas y más certezas, Fernando vibraba. Sí, estaba claro, tenía que estar allí. Aquella era su vida y su historia y, por más que se sintiera débil y egoísta, aceptó que no podía seguir luchando contra lo inevitable. Antes de desmayarse, aún fue capaz de soñar con el día en que fuese a volver allí y escribiese una sílaba de su nombre en cada edificio. Loki.

El viaje

Para Rapha, por supuesto

Había ido en barco a Arraial do Cabo para empezar el año en un lugar tranquilo. Lejos de la locura de Copacabana, donde muchos de mis amigos tenían previsto pasar la Nochevieja. Era mi primer fin de año con Nanda. Estaba enamorado hasta las trancas. Esperaba que el viaje nos uniera aún más y nos brindara experiencias más increíbles que las que nos proporcionaba la vida universitaria en Fundão. El lugar era bonito y vibrante. Muy alejado de nuestro pasado reciente de encadenar trabajo tras trabajo, fotocopia tras fotocopia, reproches, falta de tiempo, ansiedad.

Al llegar nos estaba esperando Gabriel, me hacía feliz saber que íbamos a pasar juntos los últimos días del año. Gabriel es mi más viejo amigo, la persona a la que conté mis primeros secretos y con quien compartí mis primeros descubrimientos, y su presencia en un momento de tantos cambios era un alivio. Hay cosas que no deben cambiar nunca. En aquel momento, yo necesitaba tener esa certeza. Por suerte, Nanda y Gabriel se caían bien, lo cual había hecho más fácil tanto que él nos invitara como que ella aceptara.

La casa era de Juan, un primo argentino de Gabriel. Juan era de natural feliz y desaliñado, como suelen ser los extranjeros muy rubios, al menos cuando están de vacaciones. Cuando guardaba silencio y no parloteaba en español, tenía cierto encanto. Pero lo que de verdad le gustaba era hablar y reírse todo lo alto que podía. También le gustaba mucho la hierba de buena calidad y se había llevado un material de primera, así que en menos de dos horas nos fumamos tres canutos más que respetables.

Era una casa sencilla, vacía, un rincón perdido en un sitio bonito, ideal para pasar unos días y disfrutar de la vida. Tenía dos habitaciones, un cuarto de baño pequeño, una cocina que comunicaba con el salón y una terraza con una hamaca. Era la primera vez que visitaba Arraial, y estaba deseando explorar hasta el último centímetro de la zona.

A modo de agradecimiento por la hospitalidad y por aquella hierba tan buena, saqué de la mochila dos cartones de LSD y le pedí a Gabriel que fuera corriendo a buscar unas tijeras para repartirlos. Cuando Juan entendió lo que estaba pasando, se levantó histérico y gritó: «¡No, no, no!». Se pasaba las manos por la cabeza y soltaba palabras en un castellano incomprensible, con la cara como un tomate. Me quedé desconcertado. Miré a Nanda, ella también parecía confundida. ¿Sería Juan uno de esos porreros intolerantes que no admiten otras drogas, ni siquiera las lisérgicas?

Gabriel, que volvía con las tijeras, soltó una carcajada intensa y agresiva al percatarse de lo que ocurría. La marihuana que estábamos fumando era de una calidad muy superior a la que yo solía comprar en las favelas próximas a Fundão. Lo digo para que quede claro que estaba muy colocado y que lo veía todo a cámara lenta.

La voz de Juan resonaba dentro de mí, acompañada de la carcajada de Gabriel y la incomodidad de Nanda. Me puse nervioso y me avergoncé, me sentía como el típico flipado que quiere comerse un tripi a las dos de la tarde sin ningún motivo en especial, solo porque se ha encontrado con unos amigos.

¿Qué estaría pensando Nanda de todo aquello, me vería como uno de esos drogatas que se las dan de artistas, de los que hay tantos en la universidad? La carcajada de Gabriel parecía eterna, se propagaba por todos los rincones del salón y la cocina, chocaba contra ventanas y paredes, y volvía vibrando cada vez con más fuerza. Cuando al fin paró, me explicó que Juan estaba pidiendo que por el amor de Dios reservara los ácidos para Nochevieja, que él no sabía dónde encontrar tripis por allí y no quería perder la oportunidad de ver los fuegos artificiales en pleno viaje. Sentí un profundo alivio. Noté que mi respiración recobraba su ritmo natural. Lo más probable es que todo aquello no durara más de un minuto, pero a mí me parecieron horas. Aquella hierba era un puñetazo en el cerebro.

Pedí a Gabriel que le dijera a nuestro anfitrión que no se preocupara, que íbamos a despedir el año en condiciones, con la cabeza a tono gracias a las «bicicletas» de toda la vida. Mientras Gabriel traducía mi mensaje, saqué de la mochila las dos hojas de ácido que me había llevado, ya listas para proporcionarnos la dosis de locura necesaria, y hasta un poco de dinero para contribuir a los gastos. Era agradable la sensación de dejar de ser el típico flipado y convertirse en el salvador de la patria.

El argentino se emocionó. Miraba con devoción los cuadraditos coloreados. Era una escena extraña y bonita. Gabriel soltó otra de sus carcajadas estruendosas, pero esta vez no me asusté ni me agobié, al contrario, contagiado por la energía poderosa de su risa, yo también solté una carcajada. Nanda nos siguió la corriente y se entregó a la euforia del momento con su risa aguda y sincopada. Por último, Juan, tras analizar los tripis durante un buen rato, también se nos unió. Era un ruido feliz y desesperado. Fuimos víctimas de un auténtico ataque de risa emporrado.

Corté los dos secantes en cuatro partes (casi) iguales y quedó (prácticamente) medio para cada uno. Nos lo metimos debajo de la lengua y apenas notamos ese sabor amargo de la mayoría de los tripis disponibles en el mercado. Nanda y yo sabíamos que, aunque fuera insípido, era ácido de buena calidad. En mi habitación de la residencia nos habíamos metido un cuartito que nos colocó muchísimo; nos pusimos a hablar de nuestra infancia bajo la promesa de sincerarnos al máximo, sin guardarnos nada, ni siquiera los episodios más vergonzosos o humillantes. Después la retraté recostada en los almohadones apoyados en la pared de la ventana.

Pasados unos veinte minutos no quedaba rastro de nuestra euforia. Hicimos algunos comentarios superficiales sobre los viajes psicodélicos, tratando de explicar algunas cosas, aunque siempre resulta imposible describir los efectos del LSD, y enseguida nos quedamos callados, esperando a que nos subiera, disfrutando del pedo de marihuana.

Yo ya tenía ganas de fumarme otro. Además del sabor suave de la hierba fresca, un porro nos ayudaría a sentir de una vez por todas el vértigo lisérgico. Me daba apuro pedirle al argentino que se liara uno, y más apuro aún liármelo yo con la hierba prensada que llevaba en la mochila.

Decidí encender un cigarrillo. En ese momento se me ocurrió que quizá así animase a Juan a hacer más humo (¡las ideas que le vienen a uno cuando está fumado!). Entre calada y calada me di cuenta de que el argentino estaba nervioso. De pronto se metió la mano en el bolsillo, como para sacar algo. Como no lo encontró, se puso a rebuscar por el salón. No pude evitar una media sonrisa al pensar que estaba buscando la hierba debido a la influencia indirecta de la humareda azul que ya se adueñaba de la estancia, o a la coacción telepática de la voluntad que se había adueñado de mí.

Toda esa ilusión se desvaneció en cuanto vi que Juan había encontrado lo que buscaba, una cápsula enorme de cocaína. Gabriel abrió los ojos de par en par y soltó su carcajada.

El argentino preparaba las rayas y nos las ofrecía entre risas. Los ojos le brillaban delante del plato. Era casi deprimente, pero el tipo irradiaba tal alegría y plenitud en el ejercicio de aquella tarea que su dignidad permanecía intacta. Gabriel nunca había probado la coca, era un chaval tranquilo en cuestión de drogas, aparte de marihuana solo se metía tripis y lanzaperfume (en ocasiones especiales). Le pidió a Juan una puntita solo para chuparla y sentir la boca dormida. Después se quedó quieto, observando con curiosidad la labor apasionada de su primo.

Juan me ofreció una raya y se la rechacé en español: «No, no, muchas gracias». A continuación se la ofreció a Nanda, en un tono de absoluta cortesía. No sé cómo se estilará en Argentina, pero aquí lo normal es ofrecer drogas (sobre todo de las duras) solo a quienes sabemos positivamente que las consumen con regularidad. Miré a Nanda esforzándome por no transmitir nada con la mirada, intentando no influir de manera alguna en su decisión. Ella me miró a la cara un instante antes de aceptar la raya que le ofrecía el argentino.

El corazón se me disparó, no supe bien por qué. Estuve a punto de cambiar de idea y aceptar yo también la raya, pero ya era tarde. No quería dar la impresión de estar dominado por la actitud de Nanda. Sentí celos al ver que compartían el turulo hecho con un billete de dos reales.

Después de eso fuimos a la playa. Juan y Gabriel encabezaban el grupo, conversando animadamente en español. Yo iba al lado de Nanda, siguiendo el ritmo de sus pasos. Empezaba a subirme el tripi y venía con fuerza. Sentí verdadera curiosidad y admiración por la forma de los dedos de mis manos. «Joder, somos perfectos y únicos —pensaba—. Qué especial es poder vivir la vida y estar aquí, en este sitio lleno de árboles y de cielo, finalizando otro año de vida. ¡Qué bonitas son las casas de esta calle! ¡Qué tranquila parece la vida de esta gente!».

De vez en cuando, Nanda sorbía ruidosamente por la nariz. No estaba acostumbrada a la coca. Lo cierto es que me daba un poco de miedo que se le atravesara la mezcla del tripi y la coca, que se pillara un colocón salvaje y se emparanoiara con todo. Tenía una expresión seria, impenetrable. Empecé a sentir la necesidad de saber lo que le pasaba por la cabeza.

—¿Qué te parece Juan? —le pregunté.

—Está como una moto. No entiende nada de lo que hablamos y aun así se enrolla, se ríe, bromea. Es un tipo intenso. Creo que está convencido de que es feliz, y por eso logra vivir intensamente esa felicidad.

—¿Cuando dices «como una moto» quieres decir que va muy puesto? —continué.

—En esta época del año, todo el mundo se pone dramático. Unos por estrés, otros por amor, ansiedad, sentimiento de culpa, búsqueda de libertad. Nos volvemos más vulnerables a nosotros mismos; es así. Juan está entregándose, cabalgando las olas de este final de año. Porque esta época siempre nos afecta como si fuese el fin del mundo. Y el fin del mundo o nos incita a vivir la vida hasta que todo explote y llegue la calma del vacío, o nos decepciona al hacernos ver que terminaremos incompletos. Por eso en diciembre tenemos que ser fuertes.

—¿Tú crees que es gay?

—Qué gracioso eres, Rafa. Te ha gustado el argentino, ¿eh? Ojo, que aún no conoces esta faceta mía pero soy muy celosa, ¿sabes?

Al llegar a la playa me invadió una felicidad enorme. Corrí inmediatamente al encuentro de aquellas aguas cristalinas que, vistas de lejos, formaban un azul infinito. Gabriel llegó detrás. Nos zambullimos juntos en la pequeña rompiente, riéndonos y nadando en paralelo. El agua estaba fría y el sol pegaba fuerte, en una prueba más del equilibrio universal.

Nanda se quedó en la arena, sentada encima de su pareo de Ganesh. Cuando volví a mirar, ya estaba en bikini. Yo estaba tan entusiasmado con el mar que no se me ocurrió vigilar a Juan para ver si se fijaba más de la cuenta en las curvas de Nanda mientras ella se desvestía. Me esperaba alguna miradita, hasta por parte de Gabriel. Es imposible apartar los ojos de la maravilla que es una mujer quitándose la ropa. Lo que yo quería haber visto era si el argentino tenía o no malicia en la mirada.

Me puse a observarlos a los dos. Juan viajaba mirando al cielo, casi inmóvil, con el sol dándole en la cara. Nanda tenía la vista clavada en el mar. Seria. Daba la impresión de estar reflexionando sobre la existencia de toda esa agua y preguntándose por el acontecimiento fantástico que había permitido que nuestros átomos se juntaran en ese lugar y momento concretos. A veces Nanda piensa más de la cuenta. Gabriel nadaba de un lado a otro, buceaba, gritaba, siempre me ha parecido bonito ver cómo la libertad se apodera de su cuerpo.

Al rato, Juan se acercó a la orilla y se puso a mirar las olitas que rompían justo delante de él. Nanda tenía razón, el tipo se entregaba por entero a todas sus actividades, ya fuera reír, fumar maría, esnifar coca, contemplar las olas. Ella tomaba el sol tumbada sobre la arena blanca, totalmente relajada. El argentino decidió meterse en el agua y vino hacia nosotros corriendo y riéndose.

Me quedé fascinado con los miles de tonalidades de azul que caben en una sola tarde. Me puse a hacer el muerto con los ojos cerrados, sentía el calor y el brillo que se posaban sobre mí, y pensaba: «Aunque nunca antes haya estado en esta playa, me siento ligado a estas aguas, como si nos hubiéramos encontrado muchas otras veces en las playas por las que he pasado, incluso en algunos ríos. Somos amigos. Por eso el agua de esta playa, que teóricamente no me conoce, acepta mi cuerpo de tan buen grado y me mantiene en equilibrio y armonía con todas las criaturas del universo marino».

Cuando al fin Nanda decidió meterse en el agua, fue un jolgorio. Los cuatro nos pusimos a jugar entre risas y a competir por ver quién lograba bucear más profundo y coger arena del fondo. A esas alturas estábamos flipadísimos y felices, entusiasmados por estar viviendo aquel momento juntos. Hasta los celos y las neuras decidieron darme una tregua.

Parecía que llevábamos en la playa todo el verano, de modo que nos largamos de allí para seguir explorando el resto de Arraial. Fue todo muy rápido, no recuerdo el momento exacto en que decidimos ponernos en marcha. Prácticamente hasta que no llegamos a la siguiente playa no entendí lo que pasaba. Me animé mucho. Era justo lo que necesitaba: explorar para trascender.

Ese día caminamos durante horas y vimos las playas más hermosas del mundo. Yo estaba exhausto, las piernas me suplicaban descansar. Al mismo tiempo, conservaba dentro de mí cierta disposición alucinada que, con toda seguridad, me permitiría caminar mucho más allá de mis límites habituales. ¿Cómo estarían mis compañeros de viaje? Quiero decir, ¿qué estaría sucediendo en aquel momento dentro de cada uno de ellos? Hacía un rato que no nos comunicábamos con palabras, solo con pequeños gestos y carcajadas. Ataques de risa floja que duraban unos cinco minutos de media, algunos más, y causaban un dolor terrible y delicioso en el estómago. Estábamos bendecidos por una energía misteriosa, yo casi podía tocarla. Hasta que Gabriel interrumpió mi momento de éxtasis:

—Más vale que volvamos —avisó—. Ya va a oscurecer.

Decidimos volver por las dunas. Juan nos garantizó que si apretábamos el paso llegaríamos al centro de la ciudad antes del anochecer. Me encantó la idea. Era increíble caminar por aquellas colinas de arena blanca. ¿Cuánto tiempo llevarían amontonados esos granos de arena? ¿Cuál sería la forma original de cada uno de esos granitos esparcidos por el mundo antes de experimentar su gran transformación? ¿Cuántas piedras trituradas por el tiempo hacían falta para que naciera una duna?

Estaba inmerso en aquellos pensamientos cuando me di cuenta de que nos seguían. Ya los había visto antes, eran dos rubios musculosos con pinta de adictos al gimnasio, del rollo «para presumir hay que sufrir». Iban detrás de nosotros a media distancia. Al principio pensé que simplemente estaban paseando por allí, pero no tardé en percatarme de que acompasaban el ritmo de sus pasos al nuestro y tomaban los mismos caminos que nosotros.

No quería alarmar al resto del grupo hasta no estar seguro de que la cosa se ponía fea. No quería parecer el típico drogata paranoico que deja preocupado a todo el mundo. Pero la sensación de que me seguían fue aumentando en mi interior hasta asfixiarme. Iba a ocurrir algo muy extraño, y ese presentimiento me parecía la mayor verdad de todos los tiempos. Tuve la certeza de que iban a atacarnos y di la alerta. Nanda y Gabriel se fijaron en el aspecto de los sospechosos y les hizo gracia: rubios y bien alimentados. Fue inevitable: me colgaron la etiqueta de paranoico del grupo.

Los mandé a la mierda y salí corriendo, tirando del brazo de Nanda. Ella corría a mi lado, gritando entre risas:

—Estás flipando, cariño. ¿Es que ves visiones?

Juan y Gabriel interrumpieron la marcha para observar la escena, pero al instante también salieron disparados, porque los dos rubios venían a toda mecha en nuestra dirección. Efectivamente, eran dos fanáticos del ejercicio y corrían mucho más que nosotros, además de conocer bien la zona y tomar atajos que los acercaban cada vez más.

Al primero que dieron alcance fue a Gabriel, que rodó por la arena con su agresor. Nanda corría a mi lado, muerta de miedo. En una fracción (casi) insignificante de segundo nos separamos. Ella enfiló un camino hacia abajo, mientras que mi ruta me llevó a la parte alta de las colinas de arena.

En esos momentos yo no tenía la menor idea de dónde estaba el argentino, dato importante teniendo en cuenta que era el más fuerte (físicamente hablando) de los cuatro, una pieza fundamental para el combate que se avecinaba.

El otro rubio estaba cada vez más cerca de Nanda. Aquello no podía estar sucediendo, no ese día, no de esa forma. Arranqué en la dirección del maleante, calculando de forma instantánea el tiempo y la velocidad necesarios para que mi cuerpo chocara contra el suyo.

Fue una escena increíble: impacté con el hombro en el cuerpo enemigo. Gracias al odio que me invadía, mi cuerpo flaco y desnutrido fue capaz de derribar a aquel gigante. Caímos rodando por la arena. Me sentí como un defensa de fútbol americano que derriba a su adversario en el partido más importante de su vida. Juan apareció de la nada y salió pitando con Nanda mientras el rubio y yo nos liábamos a puñetazos.

Yo no sabía cómo actuar en aquella pelea, todo era demasiado confuso para adoptar una estrategia de combate, me sacudía y retorcía solo para no quedar inmovilizado. Cuando por fin logré apartarme un poco de mi contrincante y razonar un mínimo sobre la situación, grité:

—No llevamos nada encima, socio, solo estábamos disfrutando de la playa.

Al instante, mi rival respondió gritando a su compinche, que estaba enzarzado con Gabriel:

—¡Hey, que no son guiris, tío! ¡Que no son guiris!

Gabriel se vino arriba:

—Somos de aquí, joder. Respetad a la gente de aquí.

Y así fue como los asaltadores de extranjeros se marcharon. Como si tal cosa. Sé que parece mentira, pero la vida es así. Increíble. Y lo peor era haber pasado por todo eso delante de Nanda. Estaba claro que el asunto iba a repercutir en nuestra relación, pero ¿de qué forma?

Seguimos por el camino que habían tomado Nanda y Juan. No conocíamos el lugar y estábamos sumidos en una confusión extrema que nos impedía planificar los siguientes pasos. Enseguida topamos con una laguna enorme. La noche empezaba a apoderarse de todo y a los pocos minutos se hizo imposible distinguir nada a escasos centímetros de nuestras narices. Caminábamos con mucho cuidado, gritando el nombre de los otros dos. Pero nada. Me entraron ganas de llorar y lloré. Por suerte, la oscuridad evitó que Gabriel lo advirtiera. Yo no conseguía organizar los acontecimientos de forma lógica, solo sentía un peso enorme sobre los hombros. Era el mal viaje más chungo que jamás habría podido imaginar.

Llegamos al final de la laguna y justo enfrente estaba el centro de la ciudad. Las calles estaban desiertas. Ni rastro de Nanda y Juan. El corazón me latía con fuerza, desesperado, al contemplar las trágicas posibilidades que me venían a la cabeza. Entonces Nanda me llamó a gritos desde una farmacia y pude respirar un poco. Juan estaba a su lado. Habían entrado a comprar un frasco de antiséptico, Nanda tenía las piernas llenas de sangre.

—Echamos a correr junto a la laguna antes de que anocheciera del todo —nos contó—. Me tropecé con todos los cardos del mundo. Sentía que se me clavaban en la piel y me hacían sangrar, pero no me dolía nada. En el momento pensé que era porque me hervía la sangre, por estar desesperada, muerta de miedo y, por tanto, ajena a mis sentidos. Pero ahora que me he calmado tampoco siento nada. Es muy raro estar herida, saber que estoy herida, y no sentir dolor.

Juan seguía tal y como lo habíamos encontrado al inicio de la jornada: feliz y desaliñado. Parecía no haber entendido nada de lo ocurrido, pero tampoco daba muestras de querer entenderlo. Yo solo quería tumbarme en la cama y dormir. Cuando despertara, apenas faltarían dos días para Nochevieja. ¿Qué más me tendría reservado aún ese año?

Estación Padre Miguel

En aquella época estaba prohibido fumar crack en Vila Vintém. La situación se había descontrolado: muchos robos, trifulcas, alboroto. El crack es la hostia. Da tanto dinero como problemas. Y eso para los que trapichean en los fumaderos, porque para los vecinos es todavía peor: nada más que fastidio, vergüenza, preocupación. Una cosa estaba clara: los camellos no pensaban dejar de vender, ya estaban demasiado acostumbrados al beneficio que le sacaban a la piedra. La salida que encontraron fue inventarse la ley esa que prohibía el consumo dentro de la comunidad. A decir verdad, no recuerdo bien si la orden se aplicaba en toda la favela o solo en las vías del tren, donde la movida era más frenética.

En las vías estaba prohibido, eso lo sé seguro. Tanto era así que cuando llegamos no había un alma. De *crackolandia* solo quedaba el olor y la basura: vasos de plástico, jirones de ropa, colillas, excrementos humanos, mecheros sin gas. Nos sentamos sobre los raíles, que siempre estaban más limpios que los terraplenes del muro que cerca toda la línea del ferrocarril hasta la estación. Acababa de anochecer, y esa solía ser la hora punta cuando estaba permitido el consumo. Se juntaba gente que salía del trabajo, de clase, los que bajaban del tren y los que acampaban en la favela. La noche protegía a los que tenían miedo de revelar su adicción. Cuando oscurecía ya nadie tenía nombre ni rostro para los que pasaban al lado de las vías del tren, todo era una masa indiferenciada de yonquis.

Yo no solía fumar allí. Además del olor y la inmundicia, con el tiempo aquella congregación de gente desesperada por una china de crack terminó por afectarme. Solo me dejaba caer cuando tenía que coger el tren para ir a algún sitio, me fumaba un porro rapidito y subía a la estación. Es gracioso, porque en la época en que el crack hacía furor por las calles de Bangu, yo, como todo el mundo, me reía con los chistes de crackeros, yo mismo los contaba, pero la verdad es que las veces que me entretenía más de la cuenta en *crackolandia* me ponía a imaginar la vida que habría llevado toda esa gente antes de engancharse a la piedra y me daban ganas de llorar.

Siempre me acuerdo de una mujer que conocí en las vías. Primero trató de venderme un paraguas, después me contó que toda su familia era de Alagoas y que los había dejado allí para venir a Río con su marido a buscarse la vida porque en su tierra estaba muy jodido encontrar trabajo. También me contó que nada más llegar aquí había nacido su hija, que ahora tenía nueve años. También me contó que de vez en cuando el marido aparecía en las vías, se la llevaba de vuelta a casa, la bañaba, le daba una paliza, cerraba la puerta con llave. Pero no servía de nada, ella siempre lograba escaparse. Después se echó a llorar. Lloró a lágrima viva, con la boca abierta y los mocos colgando de la nariz, sin avergonzarse por mi presencia. Mientras la mujer se deshacía en llanto, me fijé en lo que le quedaba de dentadura y pensé en si sería verdad aquella historia o si solo estaría intentando conmoverme para sacarme algo de pasta.

—Mi marido es un buen hombre, no se merece una mujer como yo —me dijo, y me pidió un abrazo.

Vi que eran lágrimas de verdad y, como no llevaba dinero en el bolsillo trasero del pantalón, la abracé.

—La marihuana siempre es una mierda cuando viene en estas bolsitas negras—dije mientras sacaba los aparejos.

—Ya lo sé, la buena es la de las bolsitas amarillas. Hubo una época en que podían liarse dos buenos canutos con una bolsa de cinco, ¿te acuerdas?

Rodrigo siempre hablaba de esa época y yo siempre le daba la razón, aunque no estuviera muy seguro de acordarme, la verdad; los colores de las bolsitas de maría no paraban de cambiar en Vila Vintém.

Además de Rodrigo y de mí, también estaban Felipe, Alan y Thiago. En aquellos tiempos éramos inseparables, todo lo hacíamos juntos, fuera lo que fuera. Yo no tenía ni idea de qué hacer con mi vida, pero sentía que cualquier cosa que fuera a hacer la haría con ellos.

Habíamos quedado en pasar por Vintém para fumarnos un porro y luego tomar el tren en dirección a Bangu para ir a ver a la niña de Léo, que había nacido unos días antes. Otro más del grupo que se convertía en padre. Recuerdo que esa noche, al empezar la expedición, me pregunté por primera vez si las amistades que construimos en la adolescencia son capaces de sobrevivir a la vida adulta.

—Qué porquería de hierba, tío —comentó Alan poco después de liar el porro—. ¿No notáis el sabor a amoniaco? Te quema la garganta.

—A veces coloca, hermano. En alguna ocasión he pillado maría de esta y al terminar el canuto estábamos todos desinflados. Lo importante es que coloque —respondió Thiago tan tranquilo, humedeciendo el porro con saliva para que se quemara más despacio.

No sirvió de nada. Con saliva y todo, sin viento, el porro se quemaba rápido por culpa de la hierba seca. No llegó a rular ni dos vueltas. Allí nadie notaba nada.

—Hay que liarse otro. Ya que hemos venido hasta aquí, quiero colocarme —dijo Rodrigo, preparando ya una servilleta a modo de papelillo.

Felipe era el expedicionario de la pandilla. Se subía al tren e iba a donde hiciera falta para pillar hierba de la buena. Desde que nos conocíamos, lo había parado la policía unas cinco veces, y en alguna de ellas las había pasado moradas. Pero así y todo le salía a cuenta: en comparación con todas las veces que había ido a buscar marihuana lejos de casa sin contratiempos, cinco encontronazos no eran nada. Soltó la cantinela de siempre:

—Por eso siempre digo que lo mejor sería juntar pasta e ir a pillar mandanga a Jacaré, Mangueira, Juramento, Antares, donde sea, hermano, buena hierba. Eso es lo que yo quiero. Tener que fumarnos esta alfalfa es una putada.

—Correcto, hermano, yo pienso lo mismo —respondió Thiago—. Pero tiene que ser para pillar una buena cantidad, porque, si es para comprar cinco gramos, más vale comprarla aquí mismo, que está cerca de casa.

Yo ya había oído esa conversación un millón de veces y estaba seguro de que acto seguido Felipe iba a replicar:

—Es lo que estoy diciendo, joder. Ponemos diez mangos cada uno y pillamos una bolsa de cincuenta para quedarnos tranquilos.

Me sonreí por la precisión con que había previsto esas palabras. A veces esas charlas recalcitrantes me hinchaban las pelotas, porque parecía que los días eran todos iguales. Pero otras participaba en ellas y lograba sentir todo el placer que encerraba aquel palique interminable.

—Solo habláis de droga, parece mentira.

—Es porque todo el mundo está drogado, tío. Como si no lo supieras. Ya te lo he dicho y te lo repito: una semana sin drogas y Río de Janeiro se para. No habría médicos, no habría conductores de autobús, ni abogados, ni policías, ni barrenderos, ni nada. Todo el mundo con un monazo de espanto. Cocaína, Diazepam, LSD, éxtasis, crack, marihuana, Nolotil, lo que sea, hermano. La droga es el combustible de la ciudad.

A Alan le encantaba hablar de eso y a nosotros nos encantaba oírlo.

—La droga y el miedo —rematé.

Entre medias de esa charla ya rulaba el tercer porro, pero nada. Solo una presión extraña en la cabeza, un mareo. Me pregunté si la mujer de Léo, Amanda, no se cabrearía al ver aparecer en su casa a ese hatajo de porreros oliendo a amoniaco. Como poco debían de ser ya las ocho de la tarde. Pensé en avisar a los demás, pero preferí callarme. Iban a decirme que Amanda era una tía supertranquila, que siempre se enrollaba con la peña. Y era verdad. La piba era igual de fiestera que nosotros. Antes de que naciera la niña, salimos varias veces por Lapa con ella y con Léo, y cuando se acababa la Coca-Cola y teníamos que beber el vodka a palo seco, ella era de las más *destroyer*. De todas formas, la gente siempre cambia al tener un hijo, por eso pensé si no preferirían que los visitáramos otro día y a otra hora.

—«*Lua vai iluminar os pensamentos dela, fala pra ela que sem ela eu não vivo, viver sem ela é o meu pior castigo...*»

—«*Vai dizer...*»

En el bareto de detrás del muro de la estación sonaba la música. No recuerdo bien cómo empezó la cosa, creo que Felipe se arrancó a cantar la canción de Katinguelê y los demás nos unimos a él, dando palmas, abriendo los brazos, riendo. Hasta sumirnos en un silencio total.

Nunca he entendido esas situaciones. Me explico: siempre me han incomodado mucho esos silencios inexplicables. Es como si se rompiera algo. De un momento a otro, todo se deshace, todo se derrumba, y nos quedamos solos frente al abismo que es la otra persona. Entonces te entran ganas de hablar de lo que sea, solo para tratar de reunir nuestros pedazos, media docena de añicos desperdigados por el misterio de la convivencia.

—Entonces mañana voy a Jacaré —dijo Felipe—. La tarea de cada uno es juntar diez pavos antes del mediodía, que es cuando voy a salir. Por el billete no os preocupéis, que invita la línea de cercanías.

—No vayas tan tarde, flipao —respondí—. A mediodía el sol te abrasa. Si vuelves pronto podemos ir a bañarnos a la cascada de Barata.

—Estás loco, chaval, los trenes de la mañana son una pesadilla. El horario de los currantes es lo peor, vas apretujado hasta la Central.

—Ve después, tío. A eso de las nueve ya está tranquilo; lo mismo puedes sentarte y todo. A mediodía sí que es un asco. Y a la vuelta igual te lo encuentras abarrotado.

Toda esa discusión no era más que un intento de volver al momento anterior. Recobrar la normalidad.

—Vale, te voy a hacer caso. Saldré a las nueve. ¿Tenéis la pasta?

—Uf, hermano, eso aún lo tengo que hablar en casa.

—Yo tengo dinero en el banco. Hoy le ingresan la pensión a mi padre. En cuanto llegue a Bangu lo saco del cajero. Luego tú haces lo siguiente: vas a Jacaré, pillas la hierba, coges tu parte y me das el resto. Después, cuando vosotros tres me deis la pasta, os entrego vuestra parte, ¿de acuerdo? Eso sí, si alguien no pone dinero, como la otra vez, que luego no venga pidiendo una caladita porque no invito a nadie. Ya lo aviso: al que no ponga flus que lo invite Jesús.

Esa charla estaba dándome mal rollo, yo ya sabía lo que íbamos a decidir y sabía que ellos también. Y de repente, en ese momento:

—Coño, no sé si os lo he contado, una vez que fui a Jacaré, ya hace tiempo. Iba todo maqueado para no llamar la atención de los maderos, me acuerdo de que en esa época había muchos secretas para arriba y para abajo por el tren, hasta gafas de sol me puse. Total, que fui para allá, pero al pasar por las vías apareció una crackera de la nada, lo juro, no sé por dónde llegó, si atravesó el muro de la estación o salió de un agujero, solo sé que me llevé un susto que flipas. Se puso a mirarme, así, de arriba abajo, con cara de buscona, te lo juro, no te rías, tronco, hablo en serio, ¡la crackera quería seducirme! Y va y me dice: «Dame cinco pavos y te la chupo». Yo le dije que no, que no hacía falta. ¿Y sabéis lo que me dijo? Que me la chupaba gratis.

—¿Y te dejaste?

—Qué va, seguí de largo.

—¡Mira a quién tenemos aquí! ¡El castigador de las crackeras de Jacaré!

—Dudo mucho, hermano, que después de chupártela no te hubiera pedido los cinco pavos. Lo dudo mucho. Menudo pollo te habría montado si no se los das.

—¿Qué te crees, que no lo sé?

—Pero ¿os parece caro cinco pavos por la mejor mamada de vuestra vida? Imaginaos la escena: la yonqui te miraría la polla, al instante visualizaría la piedra de crack y se abalanzaría con la boca abierta muerta de ganas. Además, esas crackeras de Jacaré están todas melladas, podría comértela entera con violencia y no te haría daño. Boquita de terciopelo.

No pudimos parar de reír hasta que pasó un tren y tuvimos que levantarnos. Me pregunté si no estaríamos ya colocados y si nuestro colocón no sería el colocón de creer que no estábamos colocados, como le pasó a Vítor en mi cumpleaños, que se comió un cuarto de tripi por primera vez en su vida y se pasó la fiesta gritando a todo el mundo: «¡ESTO NO ME SUBE!».

De pie siempre es más fácil distinguir si te ha subido o no. Muchas veces nos tiramos un buen rato fumando sentados sin sentir nada y solo al levantarnos notamos que estamos puestos. Después de que pasara el tren, todos volvieron a sentarse menos yo. Seguí poniéndome a prueba. No entendía lo que pasaba y empezaba a estar incómodo.

Al volver a sentarme en los raíles sentí algo extraño, como un agobio. Unas ganas terribles de levantarme y echar a andar, seguir mi camino. A solas. De repente me faltaba el aire, no me acordaba de cómo respirar. Me miré el cuerpo, sudaba a chorros. No tardé en darme cuenta de que estaba embarcándome en un viaje chungo, o iba a darme un amarillo, no sé, pero me dio vergüenza decírselo a mis amigos y me quedé quieto, inmóvil, concentrado solamente en recobrar el aliento.

No daba crédito, precisamente a mí, que siempre me había enorgullecido de lo bien que me sentaba la hierba. Mi lema era: «El subidón es como una ola: no se puede luchar contra él. Si llega con demasiada fuerza, lo único que puedes hacer es dejarte llevar, jugar con la corriente, aprovechar el vaivén». He visto a algunos creer que iban a morirse asfixiados después de haber fumado más de la cuenta, telefonear a su casa en mitad de la noche entripadísimos de ácido, perseguir a los transeúntes en la plaza ciegos de *loló*. Siempre me reía de esos colocones y mis amigos decían: «¡Ya te llegará la hora! A todo el mundo le llega».

Poco a poco se me normalizó el pulso. Miré a los chicos y me pareció estar viéndolos por primera vez en toda la noche. Había vuelto. Era como si me hubiera ido a cenar y hubiera dejado allí mi cuerpo vacío. Una movida muy extraña. Pero lo que para mí había sido intenso y sobrecogedor parecía no haber existido para ninguno de los colegas que tenía al lado; no habían notado nada. Todos aquellos lazos invisibles que yo sentía vibrar entre nosotros, ¿no serían simples imaginaciones mías? ¿Sería verdad eso de que nacemos solos y morimos solos, sin dejar que nadie penetre jamás en nuestra intimidad?

Hubo una época en que no podía fumar porros en la calle porque creía que todo el mundo me vigilaba y me juzgaba. Eso sucedía siempre, la verdad. Con todo. Cada vez que pasaba vergüenza, cuando alguien me ponía verde por alguna cagada que hubiera hecho o dejado de hacer, cuando se me ponía dura sin motivo en un trayecto de autobús, me daba por pensar que todo el mundo me miraba. Pero emporrado era peor, parecía imposible escapar de todas esas miradas, tenía la sensación de que todo el mundo estaba pendiente de cada cosa que hacía. Con el tiempo fui librándome de eso. Hoy noto que nadie nos mira en la calle. Nuestro dolor, nuestra adicción, nuestra humillación, a los demás todo les resulta muy lejano.

Me llegó el porro, era el último antes de marcharnos. Lo acepté con naturalidad. Ya había superado el yuyu y nadie tenía por qué enterarse de nada. Fumé sin ganas, sabía fatal. A veces me preguntaba si valía la pena seguir fumando una marihuana tan mala, vieja, seca, llena de amoniaco. Pero siempre seguía, porque la vida parecía decirme que era mejor fumar que no fumar, a pesar de todos los marrones con la policía, la familia, esas cosas. De algún modo, en esos ratos en que me juntaba con los amigos para fumar un canuto daba la sensación de que la vida podía ser buena, que no tenía por qué consistir en esa locura que nos inculcaban desde pequeños, las prisas, toda esa hipocresía.

Cuando nos pusimos de pie para irnos, me sentí cansado. Ya no quería ir a visitar a nadie, ni quedar para encontrarnos más tarde en la plaza. Lo único que me apetecía era irme a casa, dormir y esperar el día siguiente sin pensar en nada.

Pero de pronto apareció un amigo de Rodrigo, de la favela del 77. Nos saludó a todos. Necesitaba una hoja de papel, aunque tardé en entender lo que decía porque tartamudeaba mucho. Hasta que Rodrigo no sacó la libreta de su mochila no caí en que el chaval había ido hasta allí con la intención de fumarse un mixto de crack y marihuana con los dos pibes que tenía detrás.

—Si que-que-queréis fu-fumar una pa-pa-jita antes de iros, me la pe-pe-pedís, ¿vale? Que esta piedra es go-go-gordita.

Estuve por preguntarle si no sabía que ya no se podía fumar crack en las vías, pero al final no dije nada. Todo el mundo estaba al tanto de la norma; si querían jugarse el pellejo, allá ellos, no iba a ser yo quien se lo impidiera.

—Gracias, hermano. Qué detallazo. Pero ya nos íbamos. Estos cogollos son pura alfalfa, ya nos hemos fumado varios y como si nada. Solo sirve para mezclar.

Eso fue lo que dije, porque quería largarme de allí cuanto antes. Miré a un lado y vi que ya había una tipa fumando en un vaso de plástico. «Ni modo —pensé—, después del crack la favela nunca vuelve a ser lo que era. Imposible controlar a tanto colgado».

—Vamos a fumárnoslo, coño. De despedida. Lo juntamos con esta puntita y liamos un canuto de lujo.

Opté por no abrir la boca. Sabía que, dijera lo que dijera, íbamos a terminar fumándonos el porro. Y tampoco quería parecer paranoico, ni acojonado, entre otras cosas porque no era miedo lo que sentía, solo la necesidad de largarme de allí. «No pasa nada —pensé—. Con lo seca que está la hierba, no tardamos ni diez minutos en mezclar, liar, fumar y pirarnos».

Ya estábamos a punto de matar el canuto cuando llegaron dos tipos en una moto, con la particularidad de que el que iba de paquete llevaba un Kaláshnikov cruzado sobre el pecho y el que conducía, una pistola en la cintura. A partir de ahí todo sucedió muy rápido, cuando quise darme cuenta ya estábamos de pie contra el muro, con el fusil apuntándonos a la cabeza y el maleante gritando:

—¿Estáis locos o qué hostias? ¿Sois subnormales? ¿Queréis morir, carajo? ¿Es que no sabéis que aquí ya no se puede fumar esa mierda?

Me disponía a decirle que solo estábamos fumando marihuana, cuando la crackera gritó a su vez:

—Por el amor de Dios, muchacho, que estoy embarazada.

Reaccioné mirando rápidamente hacia la pequeña barriga que le sobresalía del cuerpo esquelético. Era verdad.

—Cierra el pico, hija de puta. Si quisieras a tu hijo vivo, no fumarías esa basura.

El piloto ni siquiera se bajó, se quedó sujetando la moto y contemplando la escena, pero desenfundó la pistola y le quitó el seguro para dejar claro que estaba listo para entrar en acción. Como si fuera necesario, como si hubiese la menor probabilidad de sobrevivir a la ráfaga de un Kaláshnikov.

—Solo quiero saber una cosa: ¿quién va a ser el primero?

Y fue apuntándonos a la cara con el cañón, deteniéndose unos segundos en cada uno. Cuando llegó al otro extremo, Thiago me dijo:

—Ahora sí que la hemos cagado.

Nunca había visto tanto miedo en las caras de mis amigos. Y eso que ya habíamos pasado un par de malos tragos juntos. Yo solo quería saber lo que sucedería si dejábamos de existir en ese momento, cómo reaccionaría nuestra gente, las personas que se preocupaban por nosotros. Al instante me acordé de mi madre diciéndome que no saliera nunca de casa sin el carnet de identidad, que si me pasaba algo iba a morir como un indigente. Y, para variar, no lo llevaba encima.

En el bar seguía sonando la música, indiferente a nuestro aprieto. Al escuchar las voces de los numerosos clientes, que se mezclaban con las canciones, lo entendí todo: era pura intimidación. Los de la moto querían aterrorizarnos. Si hubieran querido matarnos, ya nos habrían llevado a otro sitio, a un lugar concreto. No iban a dejarnos ahí tirados, en mitad de la vía del tren. Tampoco iban a cargar con nosotros favela adentro para pegarnos fuego o deshacerse de los cuerpos de la forma que fuera. Además, al otro lado del muro estrecho en que nos apoyábamos había varios vecinos bebiendo cerveza y disfrutando de la música. Si nos disparaban, seguro que la ráfaga atravesaba la pared y alcanzaba a alguien. Y si yo lo sabía, era imposible que el tipo del Kaláshnikov no lo supiera. Era pura intimidación.

Dejé de prestar atención a lo que gritaba aquel matón. Yo tenía la situación bajo control, lo único que de veras me preocupaba era mantener el pánico en la mirada, como señal de respeto. No era el momento de andar exhibiendo confianza, tenía que evitar por todos los medios la sonrisa burlona que se me escapa siempre que me doy cuenta de que una escena de alta tensión que se está desarrollando ante mis ojos va a quedar en nada.

El maleante no tardó en ordenar que nos largáramos zumbando de allí, y acto seguido disparó una andanada al aire, como dando el pistoletazo de salida a una carrera extraña y desesperada. Al instante estaba todo el mundo corriendo a toda velocidad hacia la estación de tren, incluida la embarazada, que lo hacía con dificultad, sujetándose la barriga con las manos. No sé cómo aquellas piernas tan finas no se partían al impactar contra el cemento. Veía a mis amigos cada vez más lejos; yo perdía velocidad porque iba pensando: «Algún día voy a escribir esta historia».

El ciego

El señor Matías es ciego de nacimiento. Nunca ha visto el mar, ni un arma, ni a una mujer en bikini. Aun así, vive su vida y anda por todas partes como si viviera en un mundo hecho para la gente como él. Gente que no ve, pero que oye, huele, toca, siente y habla.

Y, en su caso, habla muy bien. El trabajo del señor Matías es llegar al corazón de los pasajeros del autobús. Para alcanzar su objetivo, les dedica un juego de palabras y unos sonidos angustiosos, la voz mezclada con el ruido de la ciudad, el cascabeleo de las monedas en el vaso de plástico, el bastón de aluminio golpeando siempre el suelo del autobús de derecha a izquierda.

Todo depende de cómo lleven el día sus potenciales patrocinadores. Si están a primeros o a final de mes, si han comido bien o mal, si creen o no en Dios, si son vulnerables a los sentimientos o están blindados contra el mundo exterior. De todas formas, aun teniendo en cuenta todo eso, el señor Matías consigue facturar una suma razonable a la semana, trabajando un día sí y otro no.

De pequeño, Matías no soportaba la compañía de otros niños, que parloteaban todo el rato a una velocidad absurda, las voces mezcladas, saltando de un tema a otro, superponiendo las imágenes; las palabras siempre se escapaban volando. Por eso prefería conversar con los ancianos, que tenían la paciencia necesaria para tratar de explicarle detalladamente la forma de las cosas, con un esmero que solo permite la soledad de los viejos. El cielo, los ríos, las ratas, la lluvia, el vuelo de las cometas, el arcoíris, todas esas cosas cotidianas que se mencionan sin pensar.

En cuanto se aprendió los caminos del morro empezó a jugar solo por los callejones, como quien entrecierra los ojos para fingir que no ve, escuchando la vida que discurría a su alrededor, percibiendo el olor del perfume de las mujeres, de la marihuana de los muchachos, de los almuerzos y de las cloacas, satisfecho al descubrir sus propios relatos sin tener que compartirlos con nadie.

Cuando tenía seis años, su padre desapareció, se esfumó sin dejar rastro. Según la versión más extendida, lo habían matado por meter la gamba. Lo cual no era de extrañar, teniendo en cuenta el estado en que terminaba cuando empinaba el codo. Los traficantes ya le habían dado varios toques y todo apuntaba a que desde hacía tiempo tenía una plaza reservada en alguna cuneta. Lo extraño de esa historia es que en el morro nadie dijo nada, nadie sabía nada. Al no aparecer el cadáver, el caso quedó eternamente en el aire, un misterio sin resolver.

Años después, todavía aparecía alguno diciendo que había visto a Raimundo no sé dónde, haciendo no sé qué. Desde luego en su casa no lo echaban de menos para nada. Doña Sueli, que se había pasado la vida jurando que, como no se acabaran las palizas, un día iba a echarle agua hirviendo en el oído a aquel desgraciado, podía descansar con la tranquilidad de no tener que cumplir el juramento. Lo que sí se echaba en falta era el dinero que Raimundo llevaba a casa, porque, las cosas como son, cuando no bebía ni se metía en líos, el hijo de puta daba el callo. Y por poca que fuera la pasta que lograba traspasar los límites de la taberna y llegar a la mesa familiar, su ausencia fue suficiente para obligar a doña Sueli a doblar la jornada de trabajo; y al tener que salir por la mañana y volver por la noche, empezó a convivir con los comentarios malintencionados del vecindario.

Como es natural, los hermanos de Matías fueron quitándose de en medio. Marcos se lio con una mujer mayor que él, con hijo y todo, y se fue a vivir con ella. A Mariana, la pequeña, le hicieron un bombo y se mudó con el padre del bebé. Cuando doña Sueli cayó enferma, el único que estuvo a su lado fue Matías. Las vecinas, las mismas que antes chismorreaban, empezaron a cuidar de ella. Unas cuantas veces al día, mientras ayudaban a la vieja a ir al baño o le daban de comer en la cama, le preguntaban qué andaban haciendo sus otros hijos en un momento así en lugar de ir a cuidar de su madre. Doña Sueli respondía implacable: «Yo no he criado a mis hijos para mí. ¡Los he criado para el mundo!».

Tras el entierro de la madre, mientras volvía del cementerio acompañado por los vecinos, Matías pensaba en lo que iba a hacer para salir adelante. Tenía que seguir alimentándose, pero no se le ocurría ninguna ocupación en la que pudiera encajar. Se negaba a quedarse en la calle agitando una taza con monedas, como algunos le sugerían. Decidió que, puestos a mendigar, mejor hacerlo comunicándose con la gente, contando la historia de su vida.

Pasó días ensayando lo que diría cuando estuviera en el autobús, delante de su auditorio. Hablaba de su madre, de su padre desaparecido. De lo difícil que era para un ciego conseguir trabajo en la ciudad. Y, por último, rogaba a Dios que los bendijera a todos, tanto a los que podían ayudarlo como a los que no.

No tardó en salir de casa para subirse a los buses y pasó a vivir de la calderilla que le daban las personas a las que conmovía o incomodaba con su cantinela. Los primeros días todo parecía muy fácil, sacaba dinero y se había aprendido la historia de memoria, bien estructurada en todas sus partes. Pero la realidad fue aflorando poco a poco. La experiencia de estar repitiendo un día tras otro la historia de su vida se volvió cada vez más dolorosa y vivir de la caridad se convirtió en un infierno.

La soledad fue ganando peso. El señor Matías empezó a frecuentar a un niño al que todos apodaban Dibujo y que según decían iba para delincuente. El chiquillo andaba de recadero arriba y abajo, recogiendo un pedido de comida para los traficantes, yendo a pillar coca para los farloperos. Después se gastaba el dinero fumando porros en el mismo punto de venta donde hacía los recados, para hacerse notar. Un día Matías lo invitó a hacer la ruta de los autobuses. Con la compañía de Dibujo, los donativos aumentaron enseguida. Si lo mirabas con atención, el niño hasta se parecía a Matías, y ya se sabe que todo el mundo se muere de pena con los hijos de los ciegos. Dibujo se dio cuenta de que ganaba mucho más con Matías que de recadero en el morro, y con ese trabajo su madre estaba mucho más feliz.

Con el paso de los años, la presencia del niño fue perdiendo gancho. Algunos pasajeros llegaron a decir que un chaval de ese tamaño ya estaba en condiciones de poner algún tejado, de levantar un muro. El señor Matías prefirió seguir solo; la vejez, cada vez más evidente, le venía bien para el trabajo. Al cumplir los dieciséis, Dibujo alquiló una moto y empezó a trabajar de mototaxi. Durante el tiempo en que habían salido a pedir juntos, nunca habían tenido mucho que decirse uno al otro; no obstante, tras disolver la sociedad, Dibujo nunca se apartó del todo del señor Matías. Al terminar la jornada, el chaval se pasa por la chabola de los camellos, compra toda la hierba y la coca que puede con el dinero del viejo y los dos se tiran la noche entera fumando y esnifando mano a mano, enfrascados en una de esas charlas asfixiantes en las que nadie se mira a los ojos.

El misterio de la villa

En cuanto paró el chaparrón que había caído en el momento justo y había refrescado aquella noche calurosa, Ruan, Thaís y Matheus volvieron corriendo a la calle, deseando sentir el viento, que andaba desaparecido desde la llegada del verano. Al final de la villa donde se reunieron vive doña Iara, una de las vecinas más antiguas de la calle, pues ya ha visto a tres generaciones de su familia crecer en el solar de tierra que ella misma ayudó a desbrozar. De allí viene el olor a macumba.

Los tres amigos consiguieron disolver el partidillo que iban a echar unos niños entre dos badenes y les lanzaron un desafío: a ver quién se acercaba más a la casa de doña Iara y notaba un olor más intenso a macumba, a ver quién oía con más fuerza el ruido de las ratas, los murciélagos y las cañas de bambú que crujían al otro lado de la acequia.

Los niños avanzan con cautela por la calle casi a oscuras. No parece la calle de siempre, el lugar en que de día juegan a las canicas, bailan peonzas, echan carreras. En las noches de macumba todo se vuelve misterioso: el rumor del bambú, las corrientes de agua, las sombras, las voces, el eco de todas las cosas. Los niños tiemblan de miedo auténtico y, todos juntos, apuran hasta el último segundo ese terror de la primera infancia.

De repente, uno se asusta y echa a correr. Al instante, los demás corren tras él; los corazones se desbocan, brotan las sonrisas, se miran unos a otros, todos cómplices, locos de curiosidad, ansiosos por descubrir el motivo de la escapada.

—¿No lo habéis visto, atontaos? Había un animal extraño saliendo del río, he visto una sombra enorme.

—Para mí que era la voz de un espíritu, que estaba hablando.

Después de la explicación, siempre había como mínimo otro que también decía haberlo visto y oído, lo cual no hacía sino aumentar la tensión y el placer de la aventura.

De día todos saludan a doña Iara, van a comprar un cigarrillo para ella o a informarle del resultado de la lotería. Doña Iara es demasiado anciana como para caminar hasta la esquina, siempre manda a un niño. De vez en cuando deja que se queden con las vueltas o les da una moneda. Si el cielo está despejado, doña Iara parece una santa de verdad: toda negra, toda viejita, con los ojos de color miel. De noche se transforma, con el olor, con el viento, con todos los susurros de la villa.

—Mi padre dice que la macumba es como la marihuana: ¡cosa del diablo! Si fuese buena no empezaría por «ma» de «mala».

—Mi madre dice que los que hacen macumba pueden hacer tanto el mal como el bien.

—Mi tío estuvo poseído por un santo y terminó matando a Magnus, ¡su propio perro! Dice mi tía que fue porque le hicieron macumba.

Cuando doña Iara levantó su chabola a la orilla del río, el lugar no tenía nombre ni soñaba con llegar a ser una calle. Con el tiempo se construyeron más casas. En aquella época aún vivía su marido, se llamaba Jorge y era santero. Fue él quien empezó a hacer reuniones en el patio de la casa. Casi todos los vecinos participaban en la ceremonia, incluidos los católicos, que iban a misa todos los domingos. Pero con los años fue disminuyendo el número de asistentes, mientras aumentaba el número de iglesias en la zona. El *terreiro* de doña Iara, su lugar de culto, fue quedando de lado, muchas veces incluso criticado por los antiguos asiduos, que se habían convertido a alguna iglesia evangélica. Para doña Iara fue un mazazo. Al enviudar llegó a pensar en marcharse, vender la casa y empezar de nuevo en otro sitio. Pero ya era tarde. Estaba demasiado enraizada en aquel lugar. Para consolarse, empezó a echar mano de los recuerdos.

Una vez fue a rezar por Matheus, que ardía de fiebre. Por entonces, casi toda la familia se había convertido, pero el crío no mejoraba. El médico no daba con la cura, las oraciones del pastor no surtían efecto, así que mandaron llamar a la anciana. Mientras doña Iara rezaba y pasaba unas hierbas por el cuerpo del niño, la parentela insistía a coro: «¡Aleluya!», «¡Gloria al Padre!», «¡El Señor es nuestro Dios!». Al terminar el rezo, doña Iara bebió un trago de cachaza y mandó a todos hacer lo propio. La obedecieron, y ella dijo que el niño se iba a poner bien. Los padres de Matheus decían que sí, que Dios estaba con ellos, que solo había sido un susto. En cuanto la anciana se marchó, los familiares, desperdigados por el salón, se quedaron un buen rato mirándose unos a otros, sellando en silencio el pacto de no desvelar jamás por ahí lo sucedido esa noche. Matheus solo se lo contó a Ruan, que no se lo contó a nadie.

En otra ocasión, la casa de Ruan se infestó de garrapatas. Garrapatas de todo tipo y por todas partes. Subían por las paredes, por el sofá, hasta por los santos se subían. Ya se veía venir la muerte del perro, que no tenía una gota de sangre en el cuerpo. Doña Iara fue para allá, mató a tres de los parásitos, los metió en una caja de cerillas y mandó a la abuela de Ruan a que la tirara en un cruce de caminos. La abuela así lo hizo, acompañada de su nieto. Ruan solo se lo contó a Matheus, que no se lo contó a nadie.

En la familia de Thaís son todos testigos de Jehová, menos el padre, que es alcohólico. La niña no puede ir a la esquina a buscar cigarrillos o comprar lotería para doña Iara, por eso nunca se queda con las vueltas ni consigue ninguna moneda. No puede donar sangre ni comer dulces el día de San Cosme y San Damián, ni siquiera puede celebrar su cumpleaños. Lo que nadie se imagina es que cuando estaba en la barriga de su madre, que tuvo muchas dificultades para dar a luz porque Thaís traía el cordón enrollado al cuello, fue doña Iara la que se ocupó de desatarlo. La madre de Thaís nunca se lo ha contado a nadie.

Después del susto, de la carrera, de las sonrisas y las miradas, todos los niños se encaminan de nuevo hacia el peligro. Van agachados, apoyándose en el muro enfoscado, escondiéndose detrás del árbol de mango, del depósito de agua vacío. A cada paso que dan les late más rápido el corazón, las respiraciones se atropellan. Es una fiesta. Saben que al final todo se convierte en una buena historia, una charla animada delante del bar del Gallo Ciego.

Una noche, un ruido fuerte destacó por encima de todos los demás. Era la puerta. Los niños sonreían desesperados, esperando. Milton, uno de los hijos de doña Iara, atravesó el callejón corriendo, todo sudado, nervioso, y ni siquiera reparó en los niños escondidos al enfilar la calle.

—Está poseído —dijeron.

Con la puerta abierta, el olor a macumba se hizo aún más intenso. Los niños temblaban sin atreverse a salir de su escondrijo.

El coche del tío de Matheus se detuvo a la entrada de la villa, Milton volvió corriendo a casa, el coche se quedó allí parado, a la espera. Los niños observaban sin entender; debatiéndose entre el miedo y la curiosidad, se apretujaban para no perder detalle. No tardaron en salir los hijos con la madre desmayada en brazos. Ruan y Thaís sintieron muchas ganas de llorar y se abrazaron. El coche salió a todo gas para llevar a la anciana a urgencias.

Ninguno de los niños sabía qué pensar ni qué hacer. Miraban al suelo, apenas lograban articular palabra.

—Yo creo que Milton estaba llorando.

—¿Vamos a dejar la puerta abierta?

Una cosa estaba clara: esa vez nadie iba a quedarse charlando animadamente delante del bar del Gallo Ciego. La noche había sido interrumpida, suspendida por un miedo distinto, sin gracia. Ruan fue hasta la puerta y la cerró; después, en silencio, todos se dirigieron a sus casas.

Al día siguiente, como los hijos de doña Iara todavía seguían en el hospital, el que dio las noticias fue Matheus, que contó todo lo que había oído decir a su tío. Había sido un infarto. O un derrame, no sabía bien. Esas cosas que matan a los viejos.

—Va a quedarse ingresada. Por poco se muere.

Era todo lo que sabía.

Sin comentarlo con nadie, Thaís se pasó toda la semana rezando a Jehová por la vida de doña Iara. La incluyó en sus oraciones cotidianas; rogó por ella hasta en la reunión del domingo, en el salón del reino, y eso que no tenía claro si no sería pecado rezar por una macumbera estando dentro de la casa de Dios.

Ruan se quedó hundido, encerrado en casa, jugando solo, sin sonreír ni hacer ruido. La abuela, al verlo tan triste, le preguntó si se había peleado con los amigos.

—No quiero que doña Iara se muera, abuela. ¿Te acuerdas de cuando vino y acabó con las garrapatas? De no ser por ella, hoy Máilon estaría muerto, sin sangre, seguro.

La vieja, conmovida, le dio un consejo:

—Pues entonces rézale a Dios por ella, mi niño. O mejor, ruégale a un santo. Si tienes fe, él predispondrá a Dios a tu favor. Cuando el santo intercede, nuestro Señor siempre atiende las súplicas.

El niño se plantó delante del altar de la casa y miró con atención las imágenes, tratando de creer que de veras podrían ser de ayuda. Convivía con ellas desde pequeño, pero nunca les había pedido nada. Allí estaban Nuestra Señora Aparecida, san Francisco de Asís y san Jorge. En un primer momento Ruan pensó en rezar a Nuestra Señora, por lo mucho que se parecía a doña Iara, pero terminó desistiendo. Miraba la imagen y no le salían las palabras. Entonces dirigió la mirada a san Jorge, y al reparar en la armadura, en el modo en que sometía al dragón, tuvo la certeza de que aquel santo, que con un simple caballo y una espada era capaz de matar a un dragón de verdad, podría hacer cualquier cosa en este mundo. Sin darse cuenta, las palabras le salieron con naturalidad en dirección al santo, hizo la súplica, hizo la promesa, dio las gracias de antemano y se despidió.

Después incluso de haber vuelto a la calle y a los juegos, Ruan y Thaís no dejaron de rezar ni un solo día. El que parecía despreocupado era Matheus. Cuando tenía noticias del hospital, las transmitía con gusto, encantado de ser el centro de atención. Hasta que Ruan se hartó de la indiferencia de su amigo y le soltó delante de todos:

—A ti te da igual doña Iara, ¡y eso que fue a rezar por ti cuando estuviste con fiebre!

Matheus miró a Ruan con rabia, no podía creerse que hubiera revelado el secreto de su familia. Ruan apretó los puños: como se le ocurriera negar la historia, se iba a liar a trompazos con él. Pero Matheus no dijo nada, se dio media vuelta y abandonó el juego.

Ya era casi la hora de la telenovela cuando doña Iara llegó en un taxi, acompañada de sus dos hijos. El coche se detuvo en el portón, la anciana bajó apoyada en los dos y entraron en la villa a paso lento. Los niños echaron a correr hacia sus casas, ansiosos por dar la buena noticia. Todos la habían visto apearse del coche.

A la mañana siguiente, Ruan fue con Thaís a casa de Matheus para disculparse e invitarlo a visitar a doña Iara. Matheus aceptó las disculpas, pero dijo que prefería quedarse en casa jugando a videojuegos. Ruan le dijo que en ese caso se olvidara de hacer las paces, que no quería volver a verlo en su vida. Entonces Matheus, como Ruan era su mejor amigo, dejó la partida en pausa y se fue con sus amigos a casa de doña Iara.

Cuando llegaron, la anciana estaba tumbada en la cama, toda vestida de blanco, parecía una santa de verdad. Ruan se percató enseguida de que habían colocado una vela encendida junto al vaso de agua, igual que hacía su abuela cada semana. Toda la casa tenía un olor extraño, agradable, aunque cargado. Había poca luz, pero suficiente para iluminar a doña Iara, que pese a tener los ojos cansados estaba resplandeciente en la cama.

—He rogado mucho a Jehová por usted, doña Iara —dijo Thaís, cediendo al impulso de decir algo, y besó a la anciana en la cabeza. Estaba muy nerviosa por estar allí, en aquella casa.

—Muchas gracias, hija mía. Si estoy viva, es desde luego gracias a Dios.

Se les hizo muy raro oír a la macumbera nombrar a Dios. Doña Iara notó el asombro de los niños y siguió hablando. Les contó cómo le había ido en el hospital, donde había tenido más miedo de la muerte de lo que imaginaba. Después se puso a recordar historias de cuando llegó a la calle donde vivían, cómo eran todos aquellos árboles, cómo era el río antes de convertirse en cloaca, una corriente de agua limpia en la que podías bañarte y pescar. Las fiestas del día de Reyes, el Carnaval, la Noche de San Juan. Los niños la escuchaban con atención, imaginándolo todo. Luego les contó historias de algunos orishás y todo era tan emocionante, estaba tan lleno de acción, que los tres tuvieron la sensación de estar viendo una película en la tele. Cuando quisieron darse cuenta se les había hecho tarde, la mañana se había pasado volando y ya era la hora de comer. Antes de irse, Ruan habló de la promesa que le había hecho a san Jorge. Doña Iara se echó a reír, encantada:

—¡Siempre le dije a tu abuela que eras hijo de Ogún*!

Se despidieron con naturalidad, abrazando y besando a doña Iara, como si hubieran entrado y salido de aquella casa muchas veces. En el camino de vuelta, mientras recorrían la calle, ninguno de los tres comentó el asunto.

---

* En el candomblé de Río de Janeiro, el orishá Ogún tiene su equivalente sincrético en san Jorge. *(N. del T.)*

Cuando doña Iara se repuso, en los días en que olía a macumba, se reanudó el juego. Todo era muy parecido a lo de antes, con la excepción de Ruan, que pasó a jugar con un miedo simulado. En esa nueva etapa, cuando los niños andaban desperdigados por la calle, Ruan empezó a colarse en la villa a solas, pegado a las paredes, escondido entre las sombras hasta llegar a la puerta, llamar y entrar para oír las muchas historias del Santo Guerrero, su Protector, Ogún iê, su Padre.

Por fin viernes

Cuando mi madre se enteró de que fumaba, no me echó la bronca, como me había imaginado. Solo me dijo que no me iba a dar más dinero, que, si ya era lo bastante mayor para tener un vicio, también lo era para buscarme un trabajo y costeármelo. En su momento me dio mucha rabia, pero después entendí que la mujer tenía razón. Como suele decirse, yo ya tenía el culo más que pelado para pagarme los caprichos.

El primer trabajo que conseguí fue de recogepelotas, con Marcio, un profesor de tenis que vivía encima de mi casa. Marcio daba clases en una urbanización de la Barra da Tijuca y teníamos que salir de casa a las cinco y media de la mañana, porque después, de seis a diez, la avenida Niemeyer solo estaba abierta al tráfico en sentido contrario al nuestro. Marcio era un tipo estupendo y nos pasábamos todo el camino rajando sin parar. Aunque el curro tuviera que ver con el tenis, nuestro tema de conversación siempre era el fútbol.

Con el dinero que ganaba pude comprarme algunas cosillas e incluso ayudar a mi madre con los gastos de la casa. Cuando me compré las Nike, hasta dormí con ellas puestas la primera noche. Caminaba por la calle con la vista clavada en los pies, observando el contacto de la suela con el pavimento, loco de felicidad. Mejor todavía fue presentarme en el cole, me sentía de maravilla, parecía que todo el mundo se había quedado paralizado al verme llegar. Lo que también recuerdo bien de esa época es la sensación de estar ayudando en casa por primera vez, gracias a lo cual mi familia pasó a tratarme de otra forma. Todo aquello era tan agradable que me daban ganas de seguir trabajando para siempre, o eso pensaba cuando estaba en casa; pero al llegar a la urbanización, cuando agarraba el tubo que usaba para recoger las pelotas de tenis y ponía un pie en la cancha, cuando me quemaban el sol en la cabeza y la obligación de servir a personas que ni me miraban a la cara, en esos momentos lo único que quería era no volver a depender de nadie en la vida.

Empecé a odiarlos a todos. Tanto a los viejos como a los jóvenes; a estos más aún. Me pasaba el día persiguiendo las pelotas, imaginando las respuestas que me habría gustado dar a las chorradas que soltaban y que estaba obligado a escuchar. Todo en ellos me irritaba: la forma de andar, de hablar, de reír, de tratar a los empleados; pero lo que más aborrecía era que se quejaran de sus problemas: hoy no ha venido mi asistenta, he tenido que llevar el coche al taller, estoy harto de las clases de inglés, el perro del vecino se ha pasado toda la noche ladrando.

A veces llegaba al cole temblando de la rabia, pero entonces me encontraba con mis amigos, charlaba un poco y se me pasaba el mosqueo. Cuando estaba en casa, solo me acordaba de lo bueno: dinero en el bolsillo, comida en la mesa, no tener que lavar los platos. Hasta que un buen día todo saltó por los aires. Un alumno de mi edad más o menos me soltó una gracia, dijo que me parecía a no sé qué personaje de dibujos animados.

—Vete a tomar por culo, chaval —le respondí—. ¡Yo no soy uno de tus amiguitos de la urba!

El chico se quedó mirándome asustado, como si no diera crédito a mi atrevimiento. En ese momento yo tampoco me lo podía creer.

Marcio se puso hecho una furia, me dijo que había estado a punto de joderle el puesto de trabajo. Mi madre también se rebotó, todo el mundo se cabreó muchísimo con aquella historia. Pero para mí lo peor fue que Marcio dejó de hablarme. Él había sido el primero en llevarme a un estadio de fútbol, yo nunca lo olvidaría. Desde entonces, durante un tiempo, cada vez que el Flamengo marcaba un gol, me acordaba de él, me daban ganas de subir y llamar a su puerta, gritar con él, celebrar el gol con un abrazo.

Después de ese tuve varios trabajos, pero eran una mierda. No bastaba con tener que llegar siempre a la hora, pasarse casi todo el día haciendo movidas para los demás, tener que afeitarse y cortarse el pelo; además, había que tener horchata en la sangre. No duraba en ningún curro y la situación en casa a veces se complicaba. La convivencia con mi padrastro no era fácil; algunos días estábamos de buen rollo, pero otros parecía que en la casa solo había espacio para uno de los dos. Mi madre siempre se ponía de mi lado; a su manera, pero se ponía. Sé que ella también se cabreaba con mi falta de tolerancia, como ella lo llamaba. «El poderoso manda; el sensato obedece.» Y una mierda, pensaba yo.

Me puse a repartir publicidad gracias a un amigo del colegio. Iba a ser algo pasajero, solo para mantenerme a flote una temporada, pero llevo ya casi un año. Pagan poco, treinta reales al día, de lunes a viernes y de ocho a cuatro. En contrapartida, el trabajo es fácil: se trata simplemente de ofrecer la hojita a todo el que pasa por delante. Si la pilla, bien; me da igual si luego la tira al suelo o acude a la oficina en cuestión a pedir un préstamo. Si no la pilla, la vida sigue: hay gente de sobra para seguir intentándolo. Una ventaja de este trabajo es que no hay que hablar con nadie; tengo tiempo para pensar en mis cosas, hacer planes, fantasear sobre el futuro.

La primera vez fue rara. Se me pegaron las sábanas y llegué por los pelos a la hora acordada, ya había algunas personas esperando en el punto de encuentro. Gente de todo tipo: una chica embarazada, una señora más vieja que mi abuela. Yo no sabía si era allí exactamente donde debía esperar, mi amigo aún no había llegado. Me encendí un cigarrillo mientras me preguntaba en qué me estaría metiendo.

Llegó mi amigo y me confirmó que efectivamente ese era el punto de encuentro; esperamos unos diez minutos más y apareció el supervisor. Me preguntó el nombre, me dio un taco de hojas y me dijo que tenía que repartirlas en la calle de la Carioca, justo en la esquina, un poco antes de llegar a la plaza Tiradentes. Y para allá que me fui.

Al principio me moría de vergüenza. La gente pasaba de largo, como si yo les diera pena, o rabia, no lo sé. A veces, cuando veía que se acercaba alguien, lo miraba a los ojos y me preparaba para el acto de entrega; en esos momentos, no sé por qué, pero me daba la sensación de que esas personas habrían preferido que yo no existiera. El problema es que me tomaba las miradas como algo personal. Tardé en entender que esas miradas, significaran lo que significaran, no iban dirigidas a mí personalmente, sino al repartidor de publicidad. Y ese no soy yo, ni lo es nadie.

Cuando capté la diferencia, todo resultó más fácil. Menos cuando pasaba algún conocido. Entonces me daban ganas de esconderme bajo el asfalto. La primera vez que me pasó fue con un amigo de la favela, el chaval venía andando por la acera y lo vi de lejos. Pensé en escabullirme, pero era más o menos la hora en que el supervisor se dejaba caer por allí. Al final decidí quedarme quieto, con la cabeza gacha para que no me viera. Cuando calculé que ya habría pasado, levanté la vista y me lo encontré plantado delante de mí, todo dispuesto para hablar conmigo. Intenté esconder los papeles, pero no me dio tiempo.

—Aquí ando, buscándome la vida —le dije.

Me contestó que la cosa estaba jodida, que él también andaba apurado, que a ver si yo podía enchufarlo en ese curro. Después nos dimos un abrazo y me dijo que me pasara por su casa para echar una partida a algún videojuego. En otra ocasión las pasé putas, se me disparó el corazón, parecía que se me iba a salir por la boca. Vi acercarse a una piba de la Cruzada con la que llevaba mucho tiempo chateando por internet. Me había costado un mundo ganarme su confianza; como me viera allí, ya no habría nada que hacer. Sabía que no serviría de nada quedarse parado, así que seguí repartiendo hojas como si tal cosa, y la chica pasó de largo sin inmutarse.

Con el sueldo de la primera semana decidí ir a Jacarezinho a pillar unos porros. Llevaba mucho tiempo sin marihuana, solo fumaba cuando me invitaban. Ahora quería comprar una buena cantidad para poder estirarme con los que me habían ayudado en la época de sequía. Tenía pensado hacerme con una bolsa de cincuenta para ir sobrado. Con el resto del dinero pagaría internet y compraría algunas cosas que hicieran falta en casa. No me importaba quedarme sin blanca; lo bueno de currar todo el día e ir al colegio de noche es que no te queda tiempo para gastarte la pasta.

Un crackero me había vendido una tarjeta de transporte por dos reales. Esas transacciones con los drogatas son siempre arriesgadas, pero aquel en concreto andaba siempre cerca de mi punto de reparto, y no iba a cambiar de zona de operaciones por estafarme dos tristes reales. Me aseguró que quedaban dos viajes, lo cual bastaba para mi expedición: todo parecía conspirar a mi favor. Ese día decidí faltar a clase; al llegar a la favela me iría directo a mi lugar favorito para fumarme un porro bien cargado y disfrutar de la vista panorámica.

Como no suelo ir en tren, no caí en que a partir de las cinco se convierte en un infierno. Cuando llegué ya estaba lleno, sin un solo asiento libre y con bastante gente de pie, aunque aún se podía respirar. Pero poco a poco fueron entrando más viajeros y a su vez el espacio fue reduciéndose. Cada vez que se cerraban las puertas me sentía aliviado de que no entrara nadie más, pero enseguida volvían a abrirse y seguía entrando gente. Algunos se quejaban de lo que tardábamos en salir de la estación, pero la mayoría permanecía con la cabeza gacha, intentando defender su espacio.

El tren se puso en marcha, los vendedores ambulantes que probaban suerte en aquel trayecto anunciaban sus productos sin moverse del hueco que habían conquistado, era imposible caminar dentro del vagón, menos aún cargado con una caja de refrescos o una percha con bolsas de golosinas. Me puse a pensar qué haría para alcanzar la puerta si el vagón no se vaciaba antes de llegar a mi destino. Como mi estación no estaba muy lejos de la Central, me temía que no iba a bajar mucha gente antes de ganar mi meta. Lo que no me imaginaba era que al llegar a São Cristóvão aún fueran a entrar más personas al vagón. El personal protestó, les decían que cogieran el próximo tren, que en el nuestro ya no quedaba sitio. Los nuevos pasajeros se metían a la fuerza y los de dentro empujaban hacia fuera. Mi cuerpo iba y venía sin que yo hiciera ningún movimiento, hasta que de repente todo el mundo encajó en su lugar, se cerraron las puertas y reanudamos la marcha.

Al llegar a la estación de Maracaná se puso a llover. No me había parecido que aquellas nubes estuvieran lo bastante cargadas como para soltar agua, pero así fue. A veces, pensé, lo que para unos es un fastidio para otros es una alegría. Me acordé de dos chavales que conocí en Campo de Santana, una vez que fui a pillar un canuto a la hora del almuerzo. Los dos eran de la favela de Fallet y estaban siempre juntos, parecían el Gordo y el Flaco, solo que los dos estaban tan escuálidos que daba la impresión de que se los iba a llevar el viento. Trabajaban siempre en función de la meteorología: si hacía calor, vendían botellitas de agua; si llovía, vendían paraguas. El día que los conocí, el camello que pasaba hierba en el parque había desaparecido, hasta oí decir que lo había trincado la pasma. Me pillé un mosqueo tremendo por tener que pasarme el resto del día a palo seco, pero la pareja de flacos se portó conmigo. Ya no me acuerdo de cómo pegamos la hebra, solo recuerdo que con el canuto a medias empezó a tronar y aumentó el viento. Ellos echaron a correr:

—¡Está lloviendo, está lloviendo! ¡Te dije que hoy llovía, te lo dije!

—¡Hey, el canuto! —les grité.

Y me contestaron:

—¡Paraguas pequeño, cinco reales! ¡Paraguas familiar, diez!

Y se fueron a ganar dinero. Me partí de risa con la escena, mientras me fumaba el porro debajo de un árbol viendo llover.

Al llegar a Triagem empecé a maniobrar para aproximarme a la puerta del vagón. Misión casi imposible. Yo intentaba pasar, pedía permiso, pero no servía de nada. Trataba de meterme a la fuerza, pero los cuerpos se tensaban contra el mío. Alguien se quejaba de un pisotón, yo reculaba y sopesaba las posibilidades. Cuando el tren paró en Jacarezinho, todavía no me había acercado a la puerta tanto como me habría gustado, así que salí atropellando a los que tenía delante, protegido por el hecho de que ya no seguiría en el vagón y no tendría que afrontar las reacciones a mi actitud.

Conseguí salir y miré al cielo. Ya había escampado, pero había caído agua de sobra para dejar el suelo de la estación todo embarrado. Crucé el torno y noté un ambiente extraño. Cualquiera que esté en el rollo sabe que los viernes Jacaré se convierte en París. Al menos para los drogatas, que llegan de todos los rincones de la ciudad. La favela no estaba desierta, pero había mucha menos gente de la que me esperaba. Me jorobó un poco. Si la pasma estaba por allí, me iba a tocar ir a Manguinhos.

Hubo una época en que la marihuana de Jacaré se volvió tan famosa, pero tan famosa, que llegaban a formarse colas delante de los puntos de venta. Un día estaba yo agachado escogiendo una bolsita de cinco cuando miro a un lado y veo a Amaral, un colega del morro que trabaja de mototaxista. ¡Fue graciosísimo! Jamás me habría imaginado encontrarme a alguien del morro en aquella favela, más que nada porque la peña se muere de miedo solo de pensar en poner un pie en una favela de otra facción. Charlamos un rato en las vías del tren mientras nos fumábamos un porrito para celebrar el encuentro. No volvimos juntos a casa porque solo llevaba un casco, y cuando tienes que cruzar la ciudad con droga encima más vale no correr riesgos.

Me extrañó no ver a los chavales fumando canutos en la calle, que es lo más normal a la entrada de la favela. En Jacaré hay tanta marihuana que si vas mirando al suelo te encuentras unas chustas de un dedo de grandes, algo impensable en los sitios en que la hierba está más cara, como Vidigal, donde la gente apura los porros hasta quemarse los dedos y la boca. También se me hizo raro que no me hubiera abordado ningún yonqui al salir de la estación, esos nunca pierden el tiempo, siempre quieren sacarte algo; primero te piden un cogollito para mezclarlo con crack, y cuando les dices que no, te piden un cigarro, un papel, una moneda para un vaso de plástico. ¡Un coñazo!

Fui a la *boca de fumo* pero no había nadie. Estaban todas las mesas, la sombrilla, pero no se veía movimiento. Miré alrededor, no había ningún poli, ni tanquetas, la gente andaba por la calle con toda tranquilidad. Era todo muy chocante: si en el punto de venta no había nadie, ¿cómo es que estaba todo tan tranquilo? Seguí de largo hasta otra *boca* que conocía. Se me acercó corriendo un chavalín, debía de tener unos doce años.

—¿Qué buscas? ¿María?

—Sí. ¿Dónde está toda la peña?

—¡Están escondidos! A ver, ¿cuánto quieres?

—Una de cincuenta.

—Solo hay de diez, llévate cinco. ¡Dame la pasta!

Le di el dinero y en un segundo desapareció por los callejones.

Me encendí un cigarro y me quedé mirando alrededor. Estaba con la mosca detrás de la oreja. Varias veces ya me había ocurrido lo de llegar a Jacarezinho y encontrarme con un tiroteo serio, pero en ese caso bastaba con cruzar a Manguinhos o, si no, pillar un autobús en la Circunvalación y acercarse a otra favela para que el viaje no hubiera sido en balde. Pero un panorama como aquel no lo había visto nunca; daba la sensación de que en cualquier momento iban a empezar a silbar las balas, y yo allí en el medio, de pringao, sin saber hacia dónde correr, en una favela que ni siquiera era la mía.

El chavalín llegó con la hierba. No estaba tan bien pasada como de costumbre, pero así y todo merecía mucho más la pena que la del morro.

—¿Está chunga la cosa, hermano? —le pregunté.

—La poli ya se ha ido, vino hace un rato. Nos hemos liado a tiros con ellos, pero ya se ha calmado la cosa. Está todo tranqui, tú a tu bola.

Me repartí la hierba por los bolsillos y emprendí el regreso a la estación. Paré en un bareto a comprar un papelillo. Si al llegar a la estación no estaba el tren, me podía fumar uno allí mismo, para amenizar la espera. Cogí el papel y se lo pagué a la señora. Me dijo algo que no entendí, le di las gracias y seguí mi camino. No pensaba colarme como de costumbre, iba a gastar el otro viaje de la tarjeta. No quería arrastrarme por debajo del torno y mancharme todo de barro, porque eso siempre llama la atención de la policía en la Central. Al llegar a la entrada entendí lo que la mujer había querido decirme: «¡Cuidado con los maderos!».

El policía me apuntó a la cara. No era la primera vez ni iba a ser la última que alguien me apuntaba con un arma.

—Manos arriba.

Obedecí, y otro madero vino a cachearme para ver si estaba armado, todo esto con la pistola en la frente.

—Está limpio —dijo el otro.

—¿Llevas drogas?

Vi que me rodeaban cuatro milicos.

—Sí, señor. Cinco de diez.

Fui sacando las bolsas una a una y se las di al poli.

—¿Dónde vives?

—En Leblon —contesté. Pero me dio la impresión de que no se lo creía y añadí—: Mi padre es portero de un edificio.

En esas situaciones siempre es mejor ocultar que vives en el morro, sobre todo si te paran en una favela dominada por otra facción. Como dejes que los maderos te descubran, ya puedes prepararte para vivir una pesadilla.

—¿Qué más llevas en la mochila?

Dentro solo había una chupa, un libro y, dentro del libro, cien reales, lo que me quedaba de la paga. Los ojos del gusano brillaron al ver la pasta, pero mantuvo la compostura; me puso el dinero en la mano y me mandó sujetarlo.

—A ver si nos entendemos. Pareces un chaval inteligente. Explícame, ¿cómo arreglamos esto?

—No hay nada que arreglar. La hierba ya la he perdido, puede quedársela. El dinero me hace falta para pagar la luz.

—¿Cómo que no hay nada que arreglar? Vienes hasta aquí, nos haces trabajar, ¿y me vas a decir que no hay nada que arreglar?

—Eso es. Si quiere puede llevarme a comisaría. Firmo lo que haya que firmar, pero este dinero tengo que darlo en casa.

—¿Estás seguro de querer ir a comisaría con diez bolsitas de marihuana?

—Solo le he dado cinco.

—¿Cuántas bolsas hay ahí, capitán?

El capitán, que llevaba un fusil, respondió:

—¡Diez!

En ese momento me di cuenta de que ninguno de los cuatro llevaba placa en el uniforme y temí que fueran a inventarse un cargo de posesión y acusarme de tráfico de estupefacientes. Además, nada me garantizaba que de veras fueran a llevarme a la comisaría. Perfectamente podían hacerme desaparecer y quedarse con la pasta. Sabía que iba a perderla, pero no me lo quería creer. Había pasado la semana entera pensando en ese dinero, planeando lo que iba a hacer con él, era como si ya fuéramos amigos. Hice un último intento:

—Necesito el dinero. Es para pagar el recibo de la luz, señor. Se lo juro.

—Hijo mío, cuando te agarra la policía, hay que olvidarse de los recibos. Eso lo sabe todo el mundo. Hasta los más viejos aceptan esa regla. Has perdido, socio.

A esas alturas ya me había hecho a la idea de que internet iba a tener que esperar y de que el ambiente familiar seguiría tenso otra semana más; traté de salvar al menos la hierba.

—No pasa nada, puede llevarse la pasta. Pero deje que me quede con la marihuana.

Tal como estaban las cosas, no creía que fuera a aceptar ninguna condición por mi parte. Me sorprendió la respuesta.

—Tranquilo —dijo—. Voy a ponerla en la mochila.

Al ir a darle el billete de cien en la mano, exclamó:

—Estás loco o qué, chaval. Tú mete la mano en la mochila. Eso es. Deja el billete ahí dentro que ya lo cojo yo.

Dejé el billete y me devolvió la mochila.

—¿La marihuana está aquí dentro? —pregunté.

—Pues claro. ¿Tengo cara de mentiroso?

Allí mismo, delante de ellos, abrí la mochila para comprobarlo. Se quedaron mirándome. Vi que la hierba estaba dentro. Cerré la mochila. Entonces me acordé de una cosa.

—Ese era todo el dinero que tenía. Necesito algo de pasta para comprar el billete desde la Central hasta Leblon.

El policía vino hacia mí, me dio dos billetes de dos reales y se marchó con sus compañeros. Yo sentía tanta rabia que, de haber podido, habría matado a los cuatro allí mismo, sin pensarlo dos veces. Una muerte lenta y dolorosa, como se merecen todos los gusanos. Fui andando hasta la estación, llegué al torno y pasé la tarjeta: «Saldo insuficiente». ¡Su puta madre! Hay días que dan asco, ¡qué suerte de mierda! Fui hasta el centro de la estación, me colé como siempre y me manché la camiseta de barro, pero ya me daba igual. En la estación me preguntaron:

—¿Qué ha pasado con esos maderos de ahí? ¿Llevabas droga encima?

—María. Cinco de diez.

—¿Te lo han quitado todo?

—Qué coño. Tenía cien reales para pagar la luz, ¡me han quitado toda la pasta! Pero les he dicho: «Vale, pero la maría me la quedo». Y han aceptado.

—¡Joder, son la hostia!

Un montón de gente que estaba en la estación se quedó a cuadros con mi historia, todo el mundo comentando y maldiciendo a esas ratas. Yo ya no decía nada, me limitaba a desmenuzar cogollos para liarme un canuto con los ojos inyectados en sangre. Cuando terminaba, abría la mano, miraba, me parecía poca cantidad, cogía otro cogollo, seguía desmenuzando... Sentía un peso muy grande en el pecho, me acordaba de todos los malos tragos que había pasado con la policía. Al encenderme el porro me di cuenta de que me había liado un señor petardo, un pedazo de trompeta, un cañón de artillería. Di unas caladas. Era hierba fresca, estaba muy rica, pero yo aspiraba el humo, y con el humo llevaba tal carga de odio, de tristeza, de desánimo, que llegué a pensar que habría sido mejor que los hijos de puta me hubieran quitado también la maldita hierba.

Travesía

—No pienso repetirlo: quiero ese fiambre de mierda fuera de mi vista. En serio, como alguien eche en falta a ese malnacido y me vuelvan a empapelar, ¡te juro que el próximo que se va al hoyo eres tú, hijo de puta! Y ahora lárgate, fuera de mi vista, que no hay nada peor que un criminal tonto.

Que el amo del morro te eche semejante bronca es muy jodido, cualquiera se caga de miedo. Beto nunca había cruzado palabra con él y se estrenó así, con una bronca tremenda delante de toda la banda.

Llevaba ya más de un año trapicheando en la *boca de fumo* y aún no había pegado un solo tiro. El tema le ponía de los nervios, todo el día empuñando la metralleta sin llegar a usarla nunca. Parecía de adorno el maldito cacharro. Cuando terminaba el baile, fingía que inspeccionaba los callejones, como un flipado apuntando a la nada. Había varios como él, chavales novatos que se metieron a currar en la *boca* en la época en que el morro se quedó muy tranquilo, con la policía acobardada y los de la favela de Alemão sin la menor intención de invadir. No es que Beto tuviera ganas de jugarse la vida. Muchas veces se quedaba sentado en la silla, mirando la metralleta y la pistola, imaginando qué pasaría si de repente apareciera la policía militar abriendo fuego contra ellos. Un tiro bien dado y los mandaban al carajo, la verdad era esa. Pero, al paso que iba, sabía que nunca iba a prosperar en la empresa, y eso lo sacaba de quicio. Todo el mundo sabe que los criminales se crecen en los tiroteos, el momento de demostrar sangre fría. Pero de repente le había caído el marrón de hacer desaparecer un cadáver.

Todo porque aquel fulano, después de pagar la coca, había hecho el saludo de la otra facción. De haber sabido que iba a liarse tan gorda, le habría dado una simple hostia en la cara, o hasta habría dejado que el infeliz se fuera de rositas. Pero no, él tuvo que coser a balazos al hijo de puta. En el momento de disparar, casi intuyó que la había cagado, pero ya era tarde. Y ahora esto. Lo peor es que miraba al muerto y ya no acertaba a sentir el mismo odio. Se le pasó la locura, se le bajó la adrenalina y aquel cabrón volvió a ser hijo de Dios y también de una madre.

Lo jodido iba a ser agenciarse un coche para llegar al vertedero, todo el mundo estaba al corriente de la movida, Beto tenía la sensación de que ya le habían colgado la etiqueta de cretino del morro. Por no hablar del riesgo que correría el dueño del coche si tenía papeles, esas historias. Pero no le quedaba otra; a pie no podía transportar el cadáver y en mototaxi tampoco. Beto pensaba: «Más de un año sin decir ni pío y ni siquiera me he comprado nada, aparte del televisor aquel y la PlayStation. Qué asco da ser un delincuente sin blanca. Ya pasó a la historia la época en que se ganaba dinero con esta mierda. De pequeño yo veía a todos montando en moto, comprando coches de importación que los ladrones robaban en los barrios ricos... Ahora te chupas doce horas de guardia al día y, cuando quieres darte cuenta, estás a dos velas y comiendo al fiado. ¡Menuda mierda!».

Salió y pidió a los colegas de su turno que le echasen un cable, pero nadie quería meterse en ese lío. Unos improvisaron excusas, otros se desentendieron sin más.

—La has cagado, hermano. Arréglatelas solo.

Beto se iba cabreando por momentos. A la hora de gorronearte un porro porque andan sin hierba, de meterse un tiro de lanzaperfume en medio del baile, de pedir que les prestes la pistola un rato para presumir con las pibas, todo el mundo es muy amigo. Pero cuando necesitas un favor, ya ves la respuesta.

No podía dejar de pensar en aquel cadáver escondido en su chabola. El intenso calor esparcía todos los olores: a cloaca, a basura, a muerte. Como el fiambre empezara a atufar antes de quitárselo de encima, luego iba a ser muy jodido sacar el pestazo.

Lo que más le fastidiaba era no entender de qué iba el capo del morro. El tipo acumulaba más denuncias que pelos en la cabeza ¿y ahora le venía con esas? ¿Qué le costaba dejar que Beto se deshiciera del cuerpo en el bosque? La policía, que no pisaba el morro ni para intentar confiscar droga, ¿iba a entrar a saco para buscar el cadáver de un drogata? Ni de coña. Pero Beto no podía hacer nada, tenía que respetar la jerarquía, lo había aprendido desde niño.

Consiguió comprar un Chevette al fiado. El tipo del taller le garantizó que el coche llegaría hasta el vertedero. Beto estaba cada vez más desesperado. Sabía que era el típico coche que siempre paraba la policía. Pura chatarra, sin papeles, con las luces fundidas; en cuanto lo vieran venir, le iban a dar el alto para sacarse el desayuno por la cara. Y cuando descubrieran el fiambre, olvídate, iban a querer sacarse también la compra del mes y los regalos de Navidad. Como si a él le sobrara la pasta para dársela a la policía... En un principio pensó en mover el cadáver de madrugada, para pasar inadvertido. Pero después se convenció de que si un poli lo veía a esas horas en semejante tartana, haría falta un milagro para que no lo pararan. Lo suyo era salir ese mismo día a media tarde y rogar a Dios que lo protegiera durante el trayecto. Llevaba tiempo sin conducir, en el morro solo se movía en moto. Pero iba a tener que apechugar solo, imposible encontrar un conductor para un trabajito como ese.

El muerto iba en el maletero, hecho un ocho, mientras el Chevette avanzaba. «¿Cómo se llamaría?», pensaba Beto. No tenía carnet de identidad ni móvil ni hostias. «¿Tendría familia un elemento así? Ojalá no», seguía pensando. Y fue así como se acordó de su madre, de cómo habían ido distanciándose al llegar a la adolescencia, de cómo habían cambiado las cosas cuando él dejó la iglesia y empezó a fumar porros en la calle, de las discusiones que tenían, ella soñaba con que su hijo se ordenara pastor. Por primera vez en ese día, se preguntó cómo reaccionaría la mujer cuando la historia llegara a sus oídos. Como si tener un hijo en el narco no fuera ya suficiente vergüenza, ahora encima asesino. Puta vida, las hermanas de la iglesia no se lo iban a perdonar. Eran la hostia las viejas esas, se conocían mejor la vida de los demás que los versículos de la Biblia.

El vertedero no estaba lejos, pero Beto iba tan nervioso al volante del Chevette que al cabo de media hora la tensión se le hizo insoportable. Le dolía todo el cuerpo, como si le hubieran dado una paliza. De pronto sucedió lo peor: se paró el coche. Beto miró a su alrededor y no tardó en darse cuenta de que estaba en territorio de la milicia parapolicial. «Ahora sí que la he jodido del todo», pensó. Sabía muy bien que con esos tipos o aflojas la pasta o te llevas un balazo. La peor ralea con quien puedes cruzarte en este mundo es la milicia, porque, además de ser más malos que un demonio, están protegidos por la policía. Se quedó quieto, buscando una solución. Se sentía observado. Al otro lado de la calle había un bar donde algunos cuarentones jugaban al billar americano y bebían cerveza. En medio de ellos seguro que había un miliciano, no podía ser de otra forma.

Como se temía, tres de los tipos cruzaron la calle en dirección al Chevette. Dos de ellos iban desnudos de cintura para arriba y Beto pudo ver que no iban armados. Lo malo es que el único que llevaba camisa era justamente el que tenía pinta de ser el miliciano del grupo, hasta se le notaba el bulto de la pistola en la cintura. Beto pensó en cómo lo iban a matar, si le dispararían allí mismo y luego mandarían que alguien limpiara el estropicio, si lo llevarían a otro lugar, si le pegarían un solo tiro en mitad de la frente o lo acribillarían sin ahorrar balas. Pensó que si les contaba que el fiambre era un yonqui de mierda a lo mejor los ablandaba, esos hijos de puta odian a los drogadictos. Lo chungo era explicar la cantidad de balazos que se había llevado el muerto; ¿qué cojones hacía Beto con una metralleta? No tardarían en averiguar que trabajaba en la *boca,* y entonces, amigo mío, o aparecía la pasta o empezarían a amenazarlo con torturas y toda la pesca. Y pasta no iba a aparecer. En el morro ya no tenía el menor crédito, ni siquiera valía la pena intentarlo, los pibes eran capaces de mandarlo al hoyo, que es lo que se hace con los metepatas. Le volvía a la mente la imagen de su madre, los abrazos, los ojos, la voz. Estaba tan seguro de que su vida iba a acabar allí que hasta empezó a pensar en Dios.

El tubo de escape petardeaba como una escopeta, pero el Chevette andaba bien. No podía creerse que los puretas lo hubieran ayudado a empujar el coche. Él también había ayudado a otros conductores en situaciones parecidas, aunque no los conociera de nada. Lo que no podía imaginar era que, en uno de los peores días de su vida, alguien fuera a echarle un cable. «Ayudar a los demás es ayudarse a uno mismo», pensó. Empezó a presentir que las cosas iban a salir bien, tenían que salir bien. Era hijo del morro, hasta entonces nunca había hecho ninguna cagada, no veía motivos para quedar marcado de por vida.

En esas llegó al vertedero. Ya anochecía, pero aún había gente desperdigada rebuscando en la basura; sin embargo, nadie quería ver lo que no debía. Por eso, sin ponerse nervioso, fue directo al maletero y sacó el cuerpo, que iba envuelto en un saco negro. Pesaba un huevo, y eso que el tipo era un yonqui y estaba en los huesos cuando pasó a mejor vida. Si hubiera podido deshacerse del cadáver en el bosque, habría cubierto al desgraciado con neumáticos, para luego regarlo con gasolina y pegarle fuego. Pero allí era arriesgado, el fuego podía propagarse por todo el vertedero, alguien podría verlo encender la mecha e irse de la lengua. Porque siempre hay alguien mirando. Eso lo había aprendido en el morro, donde los pringaos que meten la pata, tarde o temprano, siempre terminan mal. Dejó el cadáver allí tirado, confiando en que los buitres dieran cuenta de él antes de que alguien se pusiera a buscarlo.

Ahora tocaba volver a casa y recuperar la confianza de los colegas de la *boca*. Hacerles ver que la movida ya era agua pasada, que nadie es perfecto en este mundo de mierda y que en un momento dado cualquiera puede perder la cabeza. Beto no sabía si valdría la pena presentarse en la guardia siguiente o si sería mejor dejar que se calmaran las cosas y volver de puntillas. Qué rabia le daba toda aquella historia. Era como una de esas pesadillas de las que intentas despertar sin lograrlo.

Fue al llegar al morro cuando todo se vino abajo. Subió a hacer la guardia porque pensó que era mejor dar la cara cuanto antes, sin dejar tiempo a que la peña se pusiera a chismorrear sobre una historia ya resuelta. Miraba hacia los callejones, a la gente en la calle, a los borrachos, a los porreros, a los evangélicos, a las chicas, a los chavales haciendo la ronda, a los currantes que volvían a casa. Todo parecía distinto, como si al volver de la misión estuviera viendo el morro por primera vez. ¡Qué locura! Llegó a la *boca,* todo el personal estaba de buen rollo, fumando porros y de charleta. Un camello gritaba: «¡Hierba, hierba!». Otro le seguía: «¡Bolsita de perico! ¡Un tirito sabe rico! ¡Bolsita de a diez que te pone del revés!». Hasta ahí todo normal. Pero cuando lo vieron aparecer, se hizo el silencio. Por la cara que pusieron, Beto supo al instante que no iba a salir bien parado de esa. Qué cutre, morir etiquetado como el gilipollas del morro. Sin velatorio ni homenaje. Sabía que el cabecilla lo tenía enfilado, el tipo estaba esperando el momento propicio para joderle la vida. Si alguno de aquellos iba a apretar el gatillo, era él, Beto lo tenía claro. Pero en lugar de pegarle un tiro, le dijeron que se largara, que ni siquiera pasase por su casa ni se despidiera de nadie, que en el morro no había sitio para un niñato histérico que no era consciente de la responsabilidad que entrañaba llevar un arma.

Hay que joderse, un hijo del morro nunca se imagina que va a tener que largarse así del lugar donde ha nacido, con todo el mundo comentando que se marcha por una cagada. Beto dio media vuelta y echó a andar; a la mierda todo, si le disparaban por la espalda ya daba igual. No tenía ni idea de dónde iba a dormir cuando saliera de allí. Nadie le disparó. La sentencia consistía simplemente en tener que marcharse y eso dolía más que un balazo. Amaba y odiaba aquel morro como nadie nunca podría llegar a entender ni explicar. Iba mirando los callejones y recordando historias del pasado, momentos con los amigos de la infancia, las fiestas de cumpleaños, el día de San Cosme, siempre corriendo arriba y abajo, jugando con el tirachinas de tubo, matando ratas a pedradas. Recordó los sueños que tenía de pequeño, cómo imaginaba que iba a ser su vida de mayor, por entonces jamás pensó que movería merca. Quería ser futbolista, piloto de avión, informático. Ahora, mientras baja la cuesta en dirección a la salida del morro, solo piensa en que todo va a ser muy diferente.

Este libro se terminó
de imprimir en
Móstoles, Madrid,
en el mes de
septiembre de 2019

Descubre tu próxima lectura

Si quieres formar parte de nuestra comunidad,
regístrate en **libros.megustaleer.club**
y recibirás recomendaciones personalizadas

Penguin
Random House
Grupo Editorial

 megustaleer